ハヤカワ文庫JA
〈JA1372〉

流れよわが涙、と孔明は言った

三方行成

JN191009

早川書房

8338

目次

流れよわが涙、と孔明は言った

流れよわが涙、と孔明は言った

初出：小説投稿サイト「カクヨム」（2017）

孔明《こうめい》は泣いたが、馬謖《ばしょく》のことは斬《き》れなかった。
硬かったのである。
「どういうことだ……」
孔明はうめいた。首切り役人もうめいた。馬謖もうめいていた。
概ね、同じ理由でうめいていた。
馬謖の首が落ちない。
首切り役人が斧を振り上げ、打ち下ろした。
がん、と岩を打ったような音に、どさりと重い音が続く。
汗みずくの首切り役人が斧を取り落としたのだ。

孔明は首切り役人を下がらせた。

次を呼び寄せる。

三人目である。

人の首は硬い。一撃で断ち斬るのは見かけほどたやすくない。だが、それにしても異常であった。

孔明は馬謖を見た。

馬謖はもう動かない。

断頭台にくくりつけられ、斧の衝撃に体を跳ねさせるのみ。

うめき声が聞こえるのは、酸鼻な光景の生んだ幻。

孔明はそう断じた。

そうでなければ、やりきれなかった。

弟子である。

大事を任せた弟子が失敗した。罰しなくてはならなくなった。

それでも、可愛い弟子だったのである。

孔明は馬謖のために涙を流した。

だが今は——

孔明は迷う。

馬謖は斬れない。
斬っている。だが斬れない。
硬いのである。
今の馬謖は何なのか。孔明にはもうわからない。
斧が振り下ろされ、取り落とされた。
孔明はうなずき、兵士たちを呼び寄せた。
「ノコギリを」
とにかく斬る。馬謖の首を切る。なんとしてでも斬ってみせる。
涙は、既に乾いていた。

孔明はノコギリを用いたが、馬謖の首は斬れなかった。
歯が立たないのである。
乱麻を断つという快刀を求めた。
達人に助けを乞うた。
全て無駄であった。

人力を投じ、時間をかけ、あらゆる刃物を試した。その全てが失敗に終わった。駆り出された兵士たちは不満を漏らし、恐怖を語った。

「あんなに斬れないわけがない」

「あれは自然のものでない」

「あれは魔物だ」

「妖怪だ」

「丞相《じょうしょう》は妖物に魅入られた」

馬鹿馬鹿しい。

孔明は一笑に付した。

馬謖は弟子である。人間である。今は死んでいる。

そんな簡単なことがなぜわからぬ。

孔明は愚か者たちに見切りをつけた。

人には頼れぬ。

ならば。

他の手。

孔明は機械仕掛けを選んだ。

まずは動力。水車から羽根車と鎖で力を伝える仕組みを作り上げた。

そうして、次々と機械を考案していった。

投石機を改造し、石の重みで刃を持ち上げ、落とす機械。

鋼線の輪を、水力でもって引き絞る機械。

回転する万力。頭部と胴とを固定し、ねじ切る。

熱された金属が柔らかさを増すことを見てとり、赤熱した金属棒を押し当て、焼き切る仕組みを考案した。

酸でもって肉を焼くことを試した。

小便や糞にも漬け込んだ。

全ては、馬謖の首を落とさんがため。


全ての仕掛けは、威力を死刑囚で確認した。

いずれも、たやすく首を切断した。

馬謖の首以外は。


孔明はついにヤケを起こした。

馬謖を埋めた。

忘れるためではない。埋葬でもない。

腐らせ、骨にするためである。

肉を腐らせ骨を断つ。
卑怯な裏技。
そんな思いを、孔明は押し殺した。

半年待った。
掘り出した。
馬謖はそのままだった。
腐ってさえいなかった。
湿った土が、どぼどぼと臭った。
馬謖は切れなかった。まるで、孔明をあざ笑うかのように。
冷えていた頭が、また徐々に熱を持った。
「何か方法があるはずだ」
孔明は意気込んだ。
体に力がみなぎっていた。
半年の休暇が効いていた。
勢いのままに馬謖を踏んだ。
足のマメが潰れた。

痛みのあまり、涙がこぼれた。
すると――馬謖の横から馬謖が生えた。
まるで雨後の筍《たけのこ》のように馬謖がつぎつぎと生えだしてきた。
孔明はあっけにとられ――
笑った。
庭の雑草。
また馬謖を伐《き》る理由ができた。

孔明は腕まくりして馬謖を伐ったが、なかなか伐れなかった。
草刈りは案外大変なのである。
まして、相手は。
馬謖。

早朝。
汗をダラダラ流して、孔明は一生懸命馬謖を伐った。
馬謖はすくすく伸びてすぐに林をなした。
斧を馬謖の根本に叩きつけ、鋤《すき》で馬謖の根を掘り返す。

馬謖は地下でつながっていた。
　まるきり、竹。
　生い茂る、竹。
　馬謖。
　疲れ果て、馬謖の根本に腰を下ろす。
　孔明は頭上を見上げた。
　涼しい風が吹き渡り、生い茂る馬謖が優しく影を落とした。
「もうひと頑張りするかあ」
　孔明は汗を拭き、伸びをした。
「今日中に伐ってしまわないと、面倒だからなあ」
　馬謖がさわさわ揺れた。
「ってなにがだ!!　なんなんだお前は！」
　孔明は馬謖を蹴った。
　足首を、痛めた。
　孔明はキレた。馬謖は斬れなかった。
　怒りを持て余すうちに、孔明は空腹に気づいた。

気分転換に料理をしよう。

材料は——

無論。

馬謖。


馬謖の皮を剥《む》いて水に晒《さら》しましょう。

アクが抜けたら引き上げて、細かく刻みます。

油通しをしたら、刻んだネギや野菜とともに強火で炒めましょう。

豆板醬《とうばんじゃん》をからめて、辛口の肉餡に仕上げます。

餡ができたら次は皮。

小麦粉をこねて、粉を打って、広げて畳んで延ばして、小分けにしましょう。

円盤状にして、先の肉餡を包みます。

皮は厚めが美味。そう、饅頭《まんとう》です。

河伯《かはく》へ捧げる生贄《いけにえ》の代わりとして、孔明が工夫したものが饅頭の始まりという説もあります。

ふっくらあつあつ、蒸しあがったらハイ出来上がー——

「切れぬ！」

孔明は包丁を投げ捨てた。馬謖が刻めなかったのである。

料理って、難しいですよね。

孔明は空腹を抱えて眠りについた。


「チー」

孔明は鳴いて馬謖を切った。

「ロン」

下家《シモチャ》が牌を倒した。

「馬謖のみ。十兆点」

「な、何ィー!?」

孔明は怒りに満ちて卓を蹴倒した。雀牌が滝のように流れ落ちた。

「馬謖などという牌はないッ」

「雑草という草がないように、か?」

だん、と馬謖が足を踏み鳴らした。

雀牌が飛び上がった。牌は浮かび、馬謖の周りにたゆたって、空を行く渡り鳥のように宙を泳いだ。

何の前触れもなく、馬謖の体が崩れた。

馬謖は雀牌であった。

しかも、全てが溶けて、つながっていた。

孔明は色を失った。

「馬謖という牌がある。そんな可能性もあるんだ。有限の粒子が無限の宇宙に広がるならば」

パッチワーク宇宙論さ――

馬謖の声だけが虚ろに響いた。


目覚めた。

悪い、夢を見ていた。

夜半であった。

空腹に耐えかね、孔明は厨房へ迷い込んだ。

冷めた鍋を覗き込む。

あくびを漏らした。

その時、涙がこぼれて鍋に落ちたが、孔明は気づかなかった。

中から馬謖を引き上げ、すする。

馬謖はくにゅくにゅと口の中で歪んだ。

前歯で噛んでつい、と引くと、馬謖は糸をひくように柔らかく伸びた。

切れなかった。

でも、伸びた。

「水に晒すと良かったのかあ」

孔明はくつくつ笑い、馬謖を吐き捨てて、そのまま眠った。

重大な発見を成し遂げたことに気づいたのは翌朝である。

馬謖、加工可能。

饅頭の皮同然に、可塑《かそ》。

ご家庭にある道具でも本格的な馬謖がこんな簡単に。

「切れぬ！」


それはそれとして、孔明は腹を下した。

「決して鯨飲馬食のせいではありませんな。馬謖以外もお召し上がりになったほうがよろしいでしょう。それも、規則的に」

医者はそう言って、孔明の奇矯《ききょう》な振る舞いに釘を刺そうとした。

その時、孔明の頭に理解が兆《きざ》した／閃いた。

馬謖／腹／破壊。

原因＝馬謖。

原因、馬謖。

孔明は馬謖を叩き、曲げ、伸ばし、延ばすことはできるようになったが、切断することはできなかった。

馬謖は馬謖。饅頭の皮ではなかったのである。

一度可塑性を獲得した馬謖は、急に素直な素材になった。

熱を加え、あるいは酸で表面を処理すると、延ばした馬謖は形を保って固まった。

馬謖は衝撃を受け止め、逃し、あるいは真っ向から耐える。

糸のように細く伸ばし、そこに斧を叩きつけても切れなかった。

とにかく切れなかった。

攻めあぐねた。

これほど硬かったのなら、馬謖は兵士にしておけばよかった。

日夜の研究と実験で倦《う》んだ心が、想像の世界にふらり遊んだ。

斬れない馬謖が、素っ裸のまま敵陣に突っ込む。

馬謖は無敵なのだ。
山頂への布陣など、何ほどのことやあろうか。
矢も効かず、刀槍《とうそう》も通さず、鎧《よろい》のようなその体は百人の兵士に匹敵する戦力——。
鎧。
ふと、考えが閃いた。
馬謖で鎧う。
孔明は南蛮征伐のことを思い出していた。
あの時、南蛮人は藤甲兵《とうこうへい》を繰り出して蜀《しょく》を苦しめた。
矢を通さず、刀槍を弾く恐るべき鎧。
幸い、火には弱かった。
人は火を当てると死ぬ。
だが馬謖は火にも強い。
金属のように赤熱してなお不動。
切れず、穴も開かない。
無敵——。
孔明は目を輝かせた。
使いみちが見つかった。

馬謖は、だが、鎧には向かない。
薄く延ばして固めても、穴が開けられない。
纏《まと》うのは難しい。
だがここで孔明は気がついた。
穴なら開いている。
人体を貫く一本の長い筒。
口から尻の穴までに至る消化管。
筒状に成形し、然る後、腕の部分を伸ばせば良い。
腕は一体型の手袋として運用すれば良い。
馬謖は斬れない。しかし、着れるのである。
孔明は位相幾何学を知らない。
このときは、まだ。
だが、人体の種数《しゆすう》、すなわち穴の数が一であることには気づいていた。
潰して伸ばせば、人体は円環体《トーラス》に同じ。
コーヒーカップにも、同じ。
脱いで馬謖を着る。

発想の転換であった。

軍議の場に、孔明は馬謖を纏って現れた。
声も高く議論していた武将たちは、ひと目見て言葉をなくした。
薄く薄く引き延ばされた、馬謖。
立ち上る臭いは、腐肉と、鉄。
鼻を殴りつけ、人をたじろがせるような、臭気。
「しょきゃああああああああ」
孔明は叫んだ。
その一声で、議は尽きた。
けだし、圧倒的な説得力であった。

五丈原《ごじょうげん》で、蜀軍と魏《ぎ》軍は相対した。
蜀軍の先頭に、馬謖で身を包んだ孔明の姿があった。
開戦。孔明は走り、敵の槍衾《やりぶすま》に正面から突っ込んだ。
孔明には確信があった。
そして、それは間違っていた。

孔明は泣いた。痛かったのである。

馬謖は切れなかった。夢の素材であった。

けれど、鎧には全く向いていなかった。

箔のように薄く延びた馬謖は衝撃を全く受け止めなかった。

全てそのまま、着用者の孔明に伝わった。

矢は刺さらなかった。刀も槍も通さなかった。

けれど、孔明の骨は折れた。

孔明の体は、余すところなく切れた。

馬謖は、肉でできた死体袋にすぎなかった。


異形の鎧を纏う孔明に、敵軍はたじろいだ。

だがそれも、孔明がもがき苦しみ始めるまでのことだった。

取り囲み、棒で打つ。

いつしか、味方のはずの蜀の兵も加わっていた。

「軍師はひっこんでろ」

「お前の策で右往左往させられるんだ」

「一兵卒の力、思い知れ」
「泣き虫、弱虫」
「あと素朴に気持ち悪い」
「臭い」

臭い。
孔明は唸《うな》り、泣いた。
それ一番言っちゃいかんやつやろ。
どうしてそんなこと言うの。
まじショックやわ。

孔明はもがき、一矢報いんとあがいた。しかし、多勢に無勢だった。
戦況、いまや孔明VS全軍。
勝ち目などなかった。
全身を苛《さいな》む痛み。痛み、そしてついでに心の痛み。
孔明のまぶたに、走馬《そうま》灯《とう》が回り始めた。

走馬灯。
馬。
馬かあ。
「馬謖……」
孔明はうめき、目を閉じた。
その体に、何十もの槍が、刀が、悪意が突き刺さった。

あるいは、それがきっかけであったのかもしれない。
全然、関係なかったのかもしれない。
とにかく、馬謖が動いた。

尻の穴から馬謖が侵入した。
大腸を、小腸を、十二指腸を、胃を、気管を、馬謖が遡った。
孔明は馬謖に満たされた。
むせた。
むせながら気がついた。
人体には消化管の他に、もう一つ穴がある。

いや、二つ。
鼻。
鼻腔を馬謖に満たされ、孔明は悶絶した。
だが、理解はそこで終わらなかった。
耳も、喉につながっていた。
だから、穴はさらに二つ。
人体、結構、穴だらけ。
ふしぎ。

All 孔明 need is kill.
Night and 馬謖 would kill.
ないて　ばしょく　を　きる。
would の d はあまり強く発音しないのがポイントです。
はい、じゃあ仲達《ちゅうたつ》くん訳してください。
「意味ねーよ、こんなの。どういう文章なんだよ。ナンセンス」
そうですね。
しかし反逆的な態度は授業の妨げになります。グラウンドを走ってきなさい。

「何周っすか」

馬謖が斬れるまで。

「はあ？　無理だろそんなの——は、なんだ、何なんだお前ら！　止めろ！　俺を誰だと思ってる！　放せ、はなせ！」

連れて行け。

さて、みなさんもわかりましたね。師せる孔明は仲達を走らせる事ができるのです。

そう、なんなら死ぬまで。

お前らも例外ではない。

けして忘れるな。

盗んだ馬謖で走り出す。

Repeat after me.

馬謖が爆発した。

孔明を取り囲んでいた兵士たちはほとばしる馬謖に頭蓋を砕かれ、鎧を打ち抜かれ、絡みつく肉の腕に全身の骨をへし折られて息絶えた。

拡大を続ける肉の波＝馬謖は五丈原を満たし、生物といわず無生物といわず飲み込んだ。

逃げる仲達は馬謖の波に飲まれて轢《ひ》き潰された。

だがそれでは終わらない。
馬謖は孔明を取り囲み、押し潰し、心臓のようにおのが中心に据《す》えた。
そうして、思うさま孔明に涙を流させた。
そうして、人類を続々と吸収した。
尻の穴から入り、口と鼻と耳から抜けた。

人。
馬謖。
一なる。
体。

すなわち――
人馬一体。
人類の新たな地平が、五丈原に拓かれた。
人類は無力であった。
馬謖は人を襲い、取り込み、そのネットワークを広げた。

放射状に広がる馬謖は、神経回路のように情報を伝達した。

血管のように物質を輸送した。

筋繊維のように張り、力を伝えた。

馬謖は中原《ちゅうげん》を制し、ユーラシアを制し、ヨーロッパへ、太平洋へ、無節操に広がった。けして切れなかった。

誰も退けることはできなかった。

馬謖は全てを飲み込み、一体化した。

人類の歴史は終わり、ポストヒューマンとしての馬謖文明が勃興した。

全ての生命は馬謖に包まれて生まれ、馬謖の中で生き、馬謖の中で死んだ。

アレキサンダー大王はゴルディアスの結んだ馬謖の結び目を解き、世界の支配者たらんとしたが、馬謖はアレキサンダー大王の剣を受け付けなかった。

ローマ帝国は押し寄せる馬謖を退けることができずに滅びた。

ポアンカレは単連結な三次元閉多様体は三次元球面S^3に同相であると予想したが、証明を与えることはできなかった。

タコマナローズ橋は吊り橋であり、強風を受けてカオス的振動を起こした。だがワイヤー部分は馬謖を用いていたため、崩壊は免れた。

導電性の高い馬謖を利用した通信ケーブルはまず大西洋を、ついで太平洋を横断した。

ナチスの絶滅収容所は幾多の馬謖を飲み込んだが、その全員が無傷で出てきた。
インター馬謖。
馬謖は月へ、火星へ達した。

馬謖は、切れなかった。

その中心に、孔明があった。
孔明は生きていた。
生かされていた。
切っても斬れぬ、それは千年の腐れ縁であった。

「気分はどうだ、ええ？」
幾人もの馬謖が、孔明の周りを取り囲んでいた。
夢の世界であった。
孔明の意識は明瞭であった。千年もの間、馬謖の中で生き続けていた。
千年ものあいだ、苛まれていた。
苛まれながら、悩み続けていた。

「馬謖」

「なんだ」

「なぜ、切れん？」

「切れてるさ」

ずーっと切れっぱなしなのさ。

馬謖の声は幾重にも重なっていた。馬謖はたくさんいた。

「どこかの世界で俺はあんたに斬られる。だが、それで終わりじゃない。並行世界が無限に広がっている。言ったろう、パッチワーク宇宙論だと。馬謖は宇宙そのものだ。有限の粒子からなる宇宙が無限の空間に広がっているなら、どこかで全く同じ状態が生まれるしかない。俺はそんな状態の一つだ。あんたが斬ろうにも斬れなかった馬謖全ての集合体だ」

わからなかった。

孔明には何もわからなかった。

なんか、それっぽいこと言ってるだけじゃね？

馬謖くんってさ、そういうところあるよね。

秀才ぶってたくさん言葉を並べるけど、聞きかじっただけで理解してないから応用できない。ちゃんと使えない。

だから山頂に布陣しちゃうんだよ。

するとと馬謖が、キレた。

泣きながら、キレた。

「そうだよそんなことはわかってんだよ俺だってよぉ！」

無数の馬謖が孔明に殺到した。全ての馬謖の目が血走っていた。馬謖たちの手が、足が、粘膜が、孔明をもみくちゃにした。

「学がねえからさあ、それっぽいこと言いたくたって言えねえんすよ！　俺だっていまは格好つけたかったっすよ！　でもしょうがないじゃないすか！　切れないことだけが取り柄なんだからさあ！　俺こんな仕事しかできないんすよ！」

「馬謖……」

「いいっすよねえ孔明さんは。泣いて馬謖を斬ってりゃ仕事になるんですからさあ」

「そんなこと、ないよ……」

「給料だって俺より高いじゃないすか。空調の効いた部屋でふんぞり返って。やっぱ『大学』読んでるからっすか。俺みたいな馬謖は一生懸命働いたってハイご苦労さまで首斬られるんすか。あんたらの気分次第で」

「馬謖は、馬謖はそんなこと言わない」

「言うさ。どうして言わないと思った？　ええ？」

「だって馬謖は……」

「お前に何がわかるんだよ。今の俺がどうなってるかもわからないくせに」

確かに、わからなかった。

孔明は愕然《がくぜん》とした。

「わたし、馬謖のことなんにも知らない……」

想いが回ると書いて回想といいます。

「馬謖、山には布陣するなよ」

「了解！　布陣！」

「あっこらダメだって。山頂に布陣したらダメなんだって」

「了解！　布陣！」

「あーもー、何度言えばわかるの！　もう、馬謖なんか知らない！」

「布陣！」

「わからない……わたし、馬謖のことわかんないよ！」

「うるせえ、馬鹿野郎！」

並行世界の全ての馬謖が唱和した。
馬謖が切れても、他の馬謖が補っている。
馬謖の重ね合わせ。
この現象は馬謖に光子を当てて散乱を見ることにより観察できる。
ほんとかな？
やってみなけりゃわからない、大馬謖実験で！

馬謖の怒りに揺さぶられて、孔明の骨という骨が揺れた。
苦痛の波が絶えず打ち寄せる浜辺で、孔明の意識は貝を探していた。
砂を掘る。その砂一粒一粒に宇宙が宿っている。
どの宇宙にも馬謖がいる。
どの宇宙にも孔明がいる。
どの宇宙でも、孔明は馬謖を斬りたがっていた。
いつしか、孔明は馬謖を斬らないですむ宇宙を探していた。
浜辺の砂を全てよりわけ、孔明は馬謖と共存可能な宇宙を求めた。
手が痛くなった。
でも、馬謖はもっと痛いんだよと自分に言い聞かせた。なんせ首斬られてんだから。そりゃ痛いよ。首ザバァ斬られてるんだよ。こんなの、全然大したことない。
馬謖はもっと痛いんだよ。

そうして、気がついた。
ここがそうだったんだ。
馬謖を斬れない宇宙、ここだったんだ。

同時に、理解した。
一番馬謖が苦しい宇宙、ここだったんだ。

流れよわが涙、と孔明は言った。

馬謖。
痛かったんだね。
辛かったんだね。

「そういうときは」

泣いていいんだよ。

古池や　蛙飛び込む　水の音（松尾馬謖）

水面にカエルが飛び込むときのように、孔明の涙は波紋を起こした。


孔明は泣いた。

涙腺が壊れるまで泣いた。

血の涙を流すまで泣いた。

声を絞り出して啼《な》いた。

馬謖のことを思って、哭《な》いた。

その辺の鳥も、カバも、尻から頭が生えているヤギも、生きとし生けるもの全てみなタイミングを合わせて鳴いた。

「You 馬謖！」

You は Shock.

孔明は叫び、馬謖の秘孔を突いた。

孔明は馬謖の中にいた。

辺り一面、弱点であった。
こちらがわのどこからでも切れる馬謖であった。

馬謖が
切れた。

「ありがとう」

孔明は目を覚ました。
馬謖がいた。
白昼夢。
邯鄲の、夢。

馬謖がいた。
馬　謖になっていた。
斬れた。

その手応えに、孔明は涙を流した。

順番が逆だった。
泣いたから斬れたんじゃない。
これは斬れたから泣いているんだ。
これがまともな世界なんだ。
因果関係が存在しているんだ。

孔明はうろたえる首切り役人を下がらせた。
そうして、思うさま涙を流した。
この涙は、馬謖のものだ。
孔明は初めて馬謖を悼み、声もなく涙を流した。
いつまでも、いつまでも。

折り紙食堂

初出：小説投稿サイト「カクヨム」（２０１８）

第1話　エッシャーのフランベ

あなたは負け犬だ。挫折から立ち直れずにいる。

詳細については立ち入らない。あなたが一番知っている。あなたはうつむいて歩き、ことさらにため息をつく。ため息を一つつく度に、記憶が一つ蘇る。記憶の味には立ち入らない。あなたが一番知っている。

頭をふって歩きだし——するとあなたの腹がなる。

負け犬だろうと腹は減る。

あなたは苦笑し踵《きびす》を返して、何かを腹に入れに行く。

あなたはいくつか店の前を通り過ぎる。どこもピンとこない。食欲がわかない。負け犬として過ごす時間が長いほど、飢えの満たし方がわからなくなる。なんでもいいから食べればいいのに、今のクソみたいな自分を救うには最高の一皿でなければダメなんだとそっぽを向く。食事する場所を選ぶことすら重荷になってしまっていることに、気づけずにいる。

思考が時間切れになる。

なんでもいい、次の店に入ろう。そう考えたあなたの目に、一つの看板が飛び込んでくる。

「折り紙食堂」

名前が少し引っかかる。折り紙は食べ物ではない。

だがそれ以外は何の変哲もない店だ。

あなたはためらい、だが空腹が背中を押す。

あなたは店の入り口をくぐる。

店に入ったあなたは目を瞠《みは》る。看板に偽りなし。店は折り紙で満ちている。

色とりどりの折り紙で作られた立体図形がカウンターにもテーブルにも並んでいる。千代紙でつくられた手毬《てまり》や棘《とげ》の生えたボール、三角の面がたくさん集まってできたドーナツ。紐で吊るされた大きな球はくす玉のようだ。あなたはしばらく見入り、ようやく食事のことを思い出す。

カウンターには椅子がなく、そもそも折り紙がびっしり並んでいる。ほかに座れそうな場所はテーブルが一つだけ。テーブルには椅子が一つだけ、男が一人。当然というべきか折り紙に没頭している。男の前には山がある。折られた紙の山だ。男は機械のように折り続けている。よくみると、男が折っているのは折り紙の部品とでも言うべきものだ。同じ形をしたパーツがたくさんある。これを組み合わせれば、店を飾っているような折り紙ができるのだろうか。

「下ごしらえみたいなもんでしてね」

男があなたに目を据《す》える。

「ユニット折り紙と言うんです。こういう小さいユニットをたくさん折って、組み合わせていろんな作品を作る。組み合わせるのも大事ですが、このユニットを用意するのも大事なんですよ。ほら、料理でも野菜の皮むいたり、キャベツ刻んだりって下ごしらえがあるでしょう。それと同じですよ。後々のためにやっておく重要な作業。食べ物と違って、折り紙は腐りませんしね」

男は口ぶりも滑らかに、決して手を止めない。椅子をすすめようともしない。注文を取ろうともしない。よくみたらメニューもない。この店は食堂ではないとあなたは気づく。ここで食事は得られない。あなたの腹がぐうとなる。すみません準備中とは知らなくて、ともごもご言って回れ右したあなたの背中に、愛想のいい声が飛んでくる。

「あ、ごめんなさい気づかなくて。お客さんですよね。すぐなにか作りますよ」

店主はいそいそ立ち上がり、カウンターを回ってキッチンへ入る。

「うちはメニューないんですよ。不肖わたしがね、お客さんという人間を見て作るというか。一人ひとりのお客さんとのご縁を大事にしたいんです。がんばりますので、期待して待っててくださいね」

あなたはひるむ。ちょっと面倒くさそうな店だ。しかし店主はすでに何か作業を始めている。いまさら出ていきづらい。

あなたはしかたなく、店主がさっきまで座っていた椅子を運んできてカウンターにつく。

店主の愛想笑いは消えている。なにか手を動かしているようだが、まったく調理の気配がしない。何かを切るでもなく、湯気も上がらず、何の匂いもしてこない。

本当に食堂なのか。嫌な予感が膨らんでくる。本当の食堂はカウンターの上にこんなに折り紙が載っていたりしない。邪魔で仕方がない。調理だってしている様子がない。食器やカトラリーも見当たらない。

何より、店主はここが食堂だとは一言も言っていない。

それでもあなたは帰らない。あなたをつなぎとめているのは得体の知れない力かもしれないし、逆らう気力を奪う不条理な現実かもしれず、ただの脱力かもしれなくて、詳細には立ち入らない。あなたが一番よく知っている。

「出来ました」

声も晴れやかに、店主があなたの前に何かを置いた。

嫌な予感が的中した。店主が作っていたのは飯ではない。折り紙だ。黒と白の三角が交互に並んだシャープな多面体。三角の山は切子面をなしていて、全体としてはボールに似ている。あなたは見入る。美しい。それは間違いない。

でもこれ食べ物じゃないだろ。

「ッしゃあ」

店主は誇らしげに言う。あなたは鼻白む。うんそうだね。すごいね。ひとりで達成感、得ちゃったんだね。それとも「いらっしゃいませ」？　遅くない？

すると店主は折り紙を指差し、言い直す。

「エッシャー」

あなたに理解が追いつく。エッシャー。それがこの折り紙の名前。あなたはうなずき、理解する。

そして全然納得しない。

こんなんいいから食べ物出せい。

あなたはエッシャーを払いのける。カウンターに載っていた折り紙が巻き込まれてばたばた落ち、怒りは冷める。床の上で折り紙は壊れている。組み合わせがはずれ、歪み、あなたが恐る恐る取り上げたその手の中でほどけていく。

顔を上げれば、店主があなたを見つめている。

言い訳は言葉にならない。こんなはずではなかった。壊すつもりなんかなかった。あなたは組み立てなおそうとあがき、もちろんとどめを刺してしまう。息があなたの口に暇《いとま》を告げ、入れ替わりに失敗が押し入ってくる。これまでおかしたすべての失敗だ。心という名の小さな池にはすべての失敗がひとつながりの鎖のように沈んでいて、一番底の重石には言葉がびっしり刻まれている。

こんなはずじゃなかった。

「やはり思ったとおりでしたか」

それだけに、店主の言葉はあなたの虚を衝く。店主の笑みは銛《もり》のようにあなたを貫き、有無を言わさず突き上げる。

「苦しんでこられたんですね。悩んでこられた。でももう大丈夫。あなたはこの店にやって来た。運命だったんです」

店主はカウンターを回り込み、あなたに何かを持たせる。

「これはあなたのためのものだ」

紙だ。正方形の小さな折り紙。だがこれは真実であってもおかしくないとあなたはふと思う。あなたは疑い、だが弱い。この折り紙マニアの変人が、あなたの必要としている何かを持っていることを、あなたは頭でなく心でつかんでしまっている。

あなたは店主を見返し、言う。

何を言ったかには立ち入らない。どういうことかと聞いたのかもしれない。助けてくれと言ったのかもしれない。どうすればいいのかわからないんだと嘆いたのかもしれない。詳細には立ち入らない。あなたが一番知っているし――何を言ったところで、結局はひとつの言葉の言い換えだ。

あなたは答えを求めている。

店主は微笑《ほほえ》み、折り紙を差し出す。

「取り返しのつかないことなんてないんですよ」

確かに。それこそ、あなたの望むものだ。

「折り紙というのはすべて紙を折ることです。そして折るとは可逆な操作だ。もちろんノリやハサミを使えばまた別ですが」

可逆とはもとに戻せることだと、店主は言葉ではなく実例で説明する。紙を折り、戻す。山折りも谷折りも、どんなに複雑な折り目も、順序さえ間違えなければもとに戻せる。店主の指は目にも留まらぬ速さで動き、折り紙をユニットに、ユニットを折り目の付いた紙に戻す。

「さあ、やってごらんなさい。あなたも」

あなたもまた手を動かして、ついていくのに必死だ。

やがて不格好ながら、小さな部品が出来上がる。「手裏剣みたいでしょう」と店主が言う。幼いころ作って遊んだことがあるかもしれない。手裏剣を十字とすれば、ユニットはそれを縦と横の二つにわけた形をしている。

「この真ん中あたりのポケットにもうひとつのユニットの、この三角の端っこを入れるんですよ。それを三つで一組、するとこういう足の生えた三角錐ができる」

あなたは恐る恐るユニットをひっぱり、解けないことを確かめる。驚くほど頑丈な組み合わせだ。

「すべてはこれの集まりですよ」

店主はくす玉を組み上げる。あなたも迷いながら追いかける。凸凹した面にすぎなかった折り紙は、枚数を増やすにつれて丸くなり、お互いがつながっていく。半球状になり、穴があいた球になって、こうなるとあなたを阻むのは未知ではなくて困難だ。どうすればいいかはわかる。だが指が追いつかない。ユニットがほどけ始めてあなたは苛立つ。うまく組み合わない。ためつすがめつしたあなたは途中で間違っていたことに気づく。完成品はどこから見ても同じ形になるはずなのに、片方が歪んでいる。

失敗だ。

あなたは沈み、だが沈まない。

「大丈夫ですよ」

店主があなたをつかまえる。

「ちょっと戻ってやってみましょう」

あなたは声に励まされ、何枚かをほどいてやり直す。店主があなたを見守り励ます。

「失敗が悲しいんじゃない。悲しいのは失敗から立ち直れないこと。でも折り紙なら大丈夫、でしょう?」

あなたはうなずく。抗《あらが》いようもなくするりと入ってくるものがあり、名を真実という。

そうして、あなたはついに組み上げる。

「よくやりました」

店主は賞賛し、あなたはそれを嬉しく思う。だがもっとも熱い喜びはあなたの中から湧いてくる。ほめられれば嬉しい。だが、完成品の手触りはまた別だ。何を言われようとこたえられない。あなたはエッシャーを軽く握り、その手応えに満足する。

「さあ、大事なのはこの次です」

店主があなたにうなずきかける。あなたはうなずき返す。

店主が完成品をほどき、ユニットの山に変える。

三十個の部品がどう組み合わさっていたのか、あなたは一瞬見失い――だが見失わない。あなたは何度でも組み上げる。あなたはどうすればいいか覚えている。手応えがある。折り紙を組み合わせて作る切子面はちょっとでも間違えれば歪み、誤りを知らせる。あなたはすでに会得している。ポケットに端をいれ、織るようにして組んでいく。

ふたたびエッシャーが出来上がる。

あなたは自分の作品を惚れぼれと見つめ――店主の微笑ましげな視線に気づく。

こんなの大したことないですよ、とあなたはつい言ってしまう。その後で、これこそ負け犬の口癖だと気づいてあなたは愕然《がくぜん》とする。ダメな奴は何をやってもダメなんです、ほらご覧のとおり、全然ダメでしょ、ね？

自分に泥を塗ることばかり得意になって。

だが店主は笑って取り合わない。

「まあ、わたしの作品に比べれば出来はまだまだかもしれませんが」と肩をすくめて嫌味さはない。店主の作品はすばらしいものばかりだ。それでも、店主があなたのエッシャーに向ける視線はあなたのそれと同じ温度をしている。

「でも、たしかにあなたが成し遂げたことです。こういうことが大事なんじゃないですかね。なんだっていいんですよ」

店主の言葉があなたをほどく。それが確かに心地よい。どうしてあんなに頑《かたく》なだったたんだろうとあなたは不思議がる。失敗に囚われ、立ち上がるためには大成功しかないと思い詰め、歪みを抱えていつまでも立ち尽くし。

それこそ、うまくいくわけがない。

あなたは自分を組み立て直す。三角の面が寄り集まったエッシャーくす玉は対称性に満ちている。その対称性こそは、正しい形であることの証明だ。

美しい。

これを作ったのはあなただ。

いいじゃないかとあなたは思う。

久しく忘れていた感覚の温かさにあなたはため息をつく。

あなたの腹がなる。あなたは空腹を思い出し、苦笑いする。店主もまた眉を動かす。

「じゃあ、こんどこそ何か作りましょうか」

あなたはうなずく。すっかり気持ちもほぐれている。今度は食べ物お願いしますよ、とあなたは冗談のつもりで告げる。

「心配しないでください」と店主はフライパンをかかげてから、コンロに掛ける。「さっきのはジョークです。ちゃんと料理と折り紙の違いぐらい心得ていますよ」

店主はウインクし、あなたの不安を拭い去る。あなたは椅子に背を預け、自分のエッシャーを眺めて待つ。

油がぱちぱちと音を立てる。店主はフライパンを見下ろしている。あなたはふと、何の気なしに問いかける。

こんな店があるなんて知りませんでした。いつからやってたんですか。

すると店主は顔を上げる。

「手を止めないで。次のを」

声からも表情からも何かが抜け落ちている。その空白があなたを黙らせ麻痺させる。あなたはもたつきながら折り紙を取り、折り始める。店主はあなたを見つめ続ける。油が跳ねる。

不安がふたたび打ち寄せてくる。

あなたは溺れているような気分になる。溺れる者は藁《わら》をもつかむ。藁は折り紙かもしれない。だがユニットを一つ完成させると、折り紙では弱いことが判明する。あなたは日常へしがみつこうとして、つとめて明るい声をだす。

ところで、料理って何を作っているんですか。

店主は答えない。少なくとも、言葉では。

無造作にあなたのエッシャーをとりあげる。

そうして、これがそうさと言わんばかりにフライパンに投げ込む。

あなたは叫び、だが店主は意に介しない。

「言ったでしょう。料理と折り紙の違いぐらい知っていると」

あなたの悲鳴が面白い冗談であったかのようにくつくつ笑い、落ち着きなさいとあなたを見返す。

「折り紙は食べられないんですよ。紙はセルロースで出来ている。そして人間はセルロースを消化する酵素を持たない」

真実は固く、冷たく、つるつるしている。人間の消化に適さない点では折り紙も同様だ。ちょっとした力でぐにゃぐにゃ曲がるところまでそっくりだ。

あなたは腰を下ろす。呆然とフライパンを見つめる以外にできることはもう見当たらない。

幸いにも、あるいは不幸にも、紙はすぐには発火しない。

「当たり前です」と店主は答えてあなたを見ない。「紙が燃え始めるのは華氏４５１度です。フライパン程度じゃ足りませんよ」

そうなの？　足りるんじゃないの？　だってフライパンの温度は――何度だ？

あなたが華氏４５１度は摂氏何度か計算しようともがくのをよそに、店主は菜箸《さいばし》でエッシャーをつつき、転がす。あなたは気が気でない。せっかく作ったあなたの作品がいたんでいく。確かにまだ燃えていない。だがフライパンには油が引かれている。熱した油が染み込んで紙が曲がる。白と黒のコントラストは焦げて醜く崩れていく。あなたは折り紙を取り返したい。だが叶わない。店主がフライパンを動かし、肉や魚にするように火をじっくりと通していく。あなたはもう望みを捨てている。

喪失感を噛み締めていると、店主はワインの瓶を取り出す。

酒あるのか、もらおうかと言いかけた矢先、あなたはとある可能性に思い至る。

残念ながらそれは正しい。

止める暇もあらばこそ、店主はワインをフライパンにたっぷり注ぐ。炎が上がる。青白い火が折り紙を包み込む。

「人間は火を使い料理をする。火は分子を変質させ分解しやすくするんです。料理とは食材を解く行為です。食材は分子でできている。そして消化とは分子を解き取り込む行為だ。つまり調理は体外における消化なのです」

店主は言い、思い出したように付け加える。

「これはフランベという調理法です。ご存知ですよね」

あなたはもちろんご存知だ。そしてもちろん知るわけがない。これはフランベではない。強いて言うなら火葬だ。折り紙もアルコールの青炎には為す術《すべ》もない。灰になる。店主が笑う。高笑いする。あなたの心の非常口から何かがどんどん逃げ去っていく。理解かもしれないし、生きる気力かもしれないし、感動かもしれない。あなたは息を吸い、吐いて、もっとも冷たい風とは開けっ放しの非常口から吹き込んでくる隙間風だと思い知る。

「そんな顔しないで。大丈夫、あなたはもうご存知でしょう」

フライパンを揺すり、炎の具合を確かめながら、店主はあなたに微笑みかける。

「この世にはね、取り返しのつかないことなんてないんです」

あるよ、とあなたは思い、これがそうだよとあなたは思う。声にはならない。炎の熱があなたをあぶる。火の勢いは天井に届かんばかりだ。ただ折り紙が燃えただけでこんなになるだろうか。あなたは顔をかばいながら後ずさる。店主は笑っている。これでもかとばかりにワインを注ぎ、陳列してあったくす玉を手当たり次第につかんでは投げ込んでいく。火は強さを増していく。

そうして次の瞬間には、何の前触れもなく消えている。

山盛りの灰がぶすぶすと音を立てる。店主はもう笑っていない。フライパンをそのままカウンターごしに押しやる眼は三角形をしている。黒と白の三角形、エッシャーと同じだ。そうしてあなたは見てしまう。店主の肌がわずかにゆるみ、小さな隙間が開いているのを。跳んだ火花が作ったそれは焦げ穴であり、のぞいているのは暗い闇だ。

ここは折り紙食堂だ。店内には折り紙が満ちている。いくつもの紙で出来たユニットが組み合わさって出来たくす玉がたくさん並んでいる。

小さな紙で出来たユニット。

それがいくつも組み合わさって。

店主の口から音がこぼれて、あなたの脳は理解を拒む。

あなたはもうグズグズしない。店主の叫声《きょうせい》が爆発し、あなたはその爆風に押しだされるようにして店から逃げだす。


止まっていいと確信できるまで、あなたはかなりの時間をかける。店はもう彼方だ。この世の反対側まで遠ざかってくれることをあなたはかなり真剣に願いながら振り向き、何も見出さない。

あなたは止まり、息をついて自問する。答えはもちろん得られない。お釈迦《しゃか》様でも答えに窮する問いであり、どのみちあなたはお釈迦様ではない。

息を吸い、吐く。日常があなたに打ち寄せ、トラウマをさらって去っていく。

何だったんだ、ありゃ。

あなたは自問し、自答する。知らない、これ以上考えない。人生には理解が必要だ。でも例外だってある。

見なかったことにして歩き出そうとしたあなたの手から、ふと何かが落ちる。

折り紙だ。あなたが折ったものだ。ついついつかんで持ってきてしまったのだ。

あなたは投げ捨てようとして思いとどまる。折り紙を見つめ、なくしてしまったエッシャーのことを思う。
実に残念だった。
あなたは、だがもう沈まない。
取り返しのつかないことはある。
だがこれは違う。全然違う。
あなたはもう、どうすればいいか知っている。
あなたは折り紙を買い求め、途中でちゃんと食事もとって、家路につく。
満たされて、気分は少し上向いている。

第2話　千羽鶴の焼き鳥

文明は崩壊した。なのにあなたは生きている。それが一番の問題だ。

あなたは膝をついている。あなたは空腹と折り合いをつけようとしながら、目の前の段ボール箱に手をかける。ナイフでガムテープを切り裂き、開けようとして目を閉じる。今度こそ——そんな思いは言葉にしない。言葉にすれば運は逃げ去る。だがそれでも、あなたはすがらずにはいられない。

無言の儀式を行うように、あなたは段ボール箱を開く。
詰め込まれているのは、色とりどりの千羽鶴だ。
あなたはため息をつき、あたりに目をやる。災害用の備蓄資材を収めた段ボール箱が山を成している。水、食料、毛布に電池——それらの資材は、しかしすべて消え失せているはずだ。見るまでもない。確かめる気力は、もうあなたから失われている。

あなたは千羽鶴の詰まった段ボール箱を押しやる。

疲労が重くのしかかる。もう何日もまともに食べていない。服も擦り切れている。満足に眠ることさえ難しい。弱肉強食の世界にやすらぎなどない。文明世界の規則は崩れ去り、法も秩序も忘れ去った人々はお互いを獲物とみなしてためらわなくなっている。

あなたがまだ葛藤しているかどうかには立ち入らない。あなたが自分で決めればいい。いずれにせよ、他の人間を警戒するのは、葛藤とは無関係にただの生き残る術だ。

だがあなたが一番恐れるのは人間などではない。

何か物音を聞いたような気がして、あなたは周囲に目を配る。資材の集積所は危険な場所だ。何かが手に入るかもしれない。だが同時に、何かに出くわすかもしれないのだ。

何も聞こえない。

あなたは胸をなでおろし、このくだらない世界を呪う。

〈折り紙崩壊《フォールド・アウト》〉。

それが滅びの名前だ。人類の制御から離れた自動機械。すべてを取り込み分解し、再構成して折り紙に変え、最終的には鶴を、千羽鶴を折る。材料を区別はしない。肉も、木も、金属も、すべて折り鶴とそれを収めるための容器へと変えられてしまう。容器はすべてもともとあったものの形をしている。どんなものでも、折り紙を入れるための道具になってしまう。段ボール箱、弁当箱やペットボトル、コンテナ、棺桶、乗用車や犬小屋、人間を含むあらゆる生物の死体――ガラス張りのビルそのものが容器として使われているところさえあなたは目撃したことがある。何億羽もの折り鶴がみっしりと押し付けられて歪んださまは、まるで折り鶴のための地獄だった。

千羽鶴は病気の本復を願うためのものだという。だとすれば、この世はよほど病んでいるのだろう。

どうでもいいことを考えてしまい、あなたは苛立つ。思考はエネルギーを喰う。今は生きるのが大事だ。悩むのは死んでからでいい。腹が減っている。食料を見つけなければならない。折り鶴にされてしまう前に。

その場から立ち去ろうとして、あなたはそれを目にする。

マットブラックの腕が滑らかに動く、蜘蛛《くも》のようなフォルムの機械。土佐犬ほどもあるくせに、ほとんど音を立てずに動く。〈折り紙ユニット〉。文明世界を喰らい尽くした折り紙自動機械の中でももっともポピュラーで、それゆえ危険なタイプだ。

距離は二メートルほど。二十メートルであってもいい。一度でも向こうの視野に入ってしまえば、結果は大して変わらない。かかる時間が変わるだけだ。

あなたは後ずさり、死を覚悟する。

かさかさと紙のこすれる音がする。蜘蛛でいうなら口に当たる部分から、〈ユニット〉は紙を吐き出していく。細い紙テープを吐き出し、裁断し、口肢で素早く畳んでいく。他の腕は紙を折らない。完成品をつかみ、床にそっと置き、何が気に食わないのか並べ替える。そんな理解不能な作業に費やされている。

ひとまずあなたは殺されていない。

それが不思議でならない。これと同じタイプの〈ユニット〉が人の頭をスイカのように砕くのをあなたは何度も見たことがある。走れば車を追い抜き、クロームの体には銃弾さえ通用しない。あなたはそう聞いている。実証する機会は来なければよいと思っている。〈ユニット〉の折る腕が止まる。あなたは息を呑む。〈ユニット〉はあなたを見ていない。〈ユニット〉が見ているのは一人の男だ。

男は鼻歌を唄っている。〈ユニット〉のことをものともしない。あなたから見える男は〈ユニット〉のすぐ前に立ち、両手を顔の前に差し上げ、何かの作業に没頭している。何をしているのか見定めようとあなたは身を乗り出し、〈ユニット〉の体に視線をさえぎられる。〈ユニット〉は男へ腕を伸ばす。その動作は緩慢だ。死を受け渡すのではなく、何かをいぶかりながら受け取る、そんな身ぶり。

男はまだ殺されていない。そして〈ユニット〉も、男を殺そうとはしない。

〈ユニット〉が急にぎくしゃくともがき出した。苛立たしげに体をふるわせ、紙テープをもそもそ吐き出して停止する。その腕から、折り紙がぽとりと落ちる。

男は〈ユニット〉のそばにかがみ込む。嬉しそうだ。この殺伐とした世界には似つかわしくない笑み。あなたは憎み、羨む。だがそれも、男が〈ユニット〉の口から紙テープを引っ張り出すまでのことだ。紙テープは際限なく引きずり出され、まるで腸だとあなたは思う。男は腕いっぱいの紙テープを抱えると、あろうことか唄い始める。収穫。そんな言葉が頭をよぎる。

やがて満足したのか、男は踵を返した。

あなたはようやく、息をすることを思い出す。

あなたは信じられないものを目にした。

男は鶴を折った。それでどうやってか、機械を停止させたのだ。

この世は折り鶴で溢れかえっている。機械の折った折り鶴だ。折り鶴にされた人間はいても、わざわざ折り鶴を作る人間などもういない。

では、あの男は一体何なのか。

〈ユニット〉はもう動かない。まるで死んだようだ。

ほんのついさっきまで、死ぬのはあなただったはずだ。

一体何が起きたのか——疑問は活力となってあなたのかかとに宿る。

真相を突き止めるのだ。

あなたは男を追いかける。男はあなたのことなど知らぬげに進み、ある廃ビルへ入っていく。コンクリートの構造がむきだしになり、入り口には看板が立てかけられている。

「折り紙食堂」

あなたにまだためらいが残っていたとして、この時点ですべて消え去る。

ここは食堂。何といっても、あなたは腹を減らしているのだ。

あなたは中へ入り、目を疑う。

食べ物がある。電気が生きている。雑然と積み上げられた段ボール箱の中から缶詰やカップ麵が覗いている。冷蔵庫も、新鮮な水もある。

なによりあなたの意識を惹きつけるのは火だ。

ここでは火がたかれている。〈ユニット〉たちは火を憎み攻撃する。折り紙の邪魔になるからだろう。それがここでは何を恐れる様子もなく燃やされている。あなたは火の熱を懐かしみ、炎が踊るさまを楽しむ。

「グレイグーというそうですよ」

そのせいで、男が後ろにいたことに気づくのは遅れてしまう。

あなたは慌てふためくが、男は特に取り合わない。焚き火のそばにしゃがみ込み、あなたにも座るように促す。その手には折り紙があるが、あなたが視線を向けるとまるで手品のように消え去る。あなたは座り、すると男は語り始める。

「文明崩壊のシナリオです。グレイグーとは灰色のぐちゃぐちゃのことです。ナノマシンというのはご存知ですか？　とても小さな機械です。目に見えないぐらい小さい。分子を切り貼りして自由になんでも組み立てる夢の機械ですよ。ただ、そんな夢の機械が人類の制御を離れたら大変でしょう。なんでもかんでもでたらめに壊してしまう。世界のすべては自己複製を止められなくなったナノマシンが目的もなく作る灰色のぐちゃぐちゃグレイグーに何もかも飲み込まれ、かくして文明は終わる。そういう話です。まあ、ナノマシンなんて代物は結局作られなかったし、現状はグレイグーでもなんでもありませんがね。なにか食べます？　お腹減ってるんじゃないですか」

意表を突かれてあなたの腹がなる。男は微笑む。やっぱり思った通りだったこのところは皆さんそうなんですよねと話しながら、男はあなたに何かを手渡す。

「安心してください、あなたがこの店を見つけたのは運命でした。この店はあなたのためにあるんです」

男が渡してきたのは折り紙だ。

あなたは一瞬そう思い、だがすぐに打ち消す。あなたの手にずっしりと重いのは金属の串に刺さった焼き鳥だ。匂いがあなたの鼻に取り付く。タレの香りがあなたのためらいを焼き切り、あなたは貪《むさぼ》る。旨い。旨い。旨い。

「いくらでもありますよ」

男は優しく言いながら、あなたの肩をそっと叩く。あなたは涙を流し、むせ返る。

こんなものを、あなたは食べたことがない。

これは――これは全部、折り鶴だ。

これは千羽鶴の焼き鳥だ。


あなたは逆上し、食べたものを吐き戻す。金属の串をナイフのようにふりたて、あなたは男を威嚇する。男はわけがわからないと言わんばかりに肩をすくめ、あまつさえ「もったいない」とさえ言う。

「お気に召しませんでしたか？」

あなたはなおもつばを吐く。噛み砕かれて曲がった紙が床に転がる。信じられない。確かに味がした。タレの味が口の中に広がった。香りが鼻を刺激した。そのはずだ。

なのに、あなたが食べたのは間違いなく紙だった。

困惑があなたを縛る。すると男は怖《お》じることなくあなたに近づき、親しげに肩に手を置く。あなたと男の間にあって、串はもう役割を果たしていない。

「ごめんなさい。わたしが至りませんでした」

串からはずしてお出しするべきでしたね。

男の言葉がぽんと出てきて、あなたはキャッチし損ねる。男は苦笑いしながら、あなたの串を取り上げる。

「いえね、昔を思い出しましたよ。焼き鳥の串をはずして皆でシェアするのはいいのか悪いのかという議論がＳＮＳであったでしょ。わたし、以前はお店をやってましてね。焼き鳥も出してました。そのときにはいろいろ悩んだものです。串に刺さっているから焼き鳥でしょう。でもお客さんが望むならはずして出したほうがいいのかな、なんて。まあお客なんか来たことありませんでしたがね。気にしてませんよ。こうなったおかげで店の経営も考えなくて良くなりましたし。

いかがでしょう。やり直しませんか」

あなたの肩から力が抜ける。

お代わりを丁重に辞退し、あなたは周囲を見回して、恐る恐る疑問を口にする。

食料——はもう信用できないとして、電気はどこから得ているのか。

一体どうやってこんな場所を維持しているのか。

どうして火を使っても大丈夫なのか。

〈ユニット〉を止めたアレはなんなのか。

あとからあとから湧いてきて、それはどれも同じ疑問の言い換えだ。

男は一体誰なのか。

男は笑う。その手が閃く。まるで手品のように、男の手の中に現れたものがある。

折り鶴だ。

「DNAと遺伝子の違いってご存知ですか」

男の答えは答えになっていない。生存に直結しない知識があなたの頭に居場所をなくして久しい。それでもあなたは食い下がる。なんといっても、今のあなたは満ち足りている。頭に栄養が流れ込んでくるのを、あなたは全身で感じている。


男は語り、鶴を折り始める。

「まず遺伝子というものがあります。これは体の設計図で、子孫に伝わっていくものです。いっぽうDNAはデオキシリボ核酸のこと。遺伝子を書くのに使われている分子です。いわば紙とかインクがDNA、書いてある内容が遺伝子。地球上の生物の大半は遺伝子を保持するのにDNAを使っていました。違うのを使っている生物もいたんですが。そういう連中はあんまりメジャーとはいいかねます」

男の手つきは速い。目にも留まらないと言っていい。鶴を折りおえると、また別の紙が男の手の中に現れる。どこから紙が出てくるものか、あなたにはよく見えない。まるで手品のようだ。

男は〈ユニット〉から紙を回収していた。あなたはその光景を思い出し、ちらりと寒気を覚える。

「さて、DNAは四つの種類の分子が長くつながって出来ています。折りたたまれているんですよ。分子の鎖が。つまり折り紙みたいなものだ」

そうかなあ、その「つまり」はつながってなくないかなあ、とあなたは思い、だが口にはできない。男の手の中に折り鶴が現れるからだ。

男の話はつながらない。だが折り鶴はつながっている。何羽もの、色とりどりの鶴は羽の部分でつながって、二本の鎖を成している。二重らせん。そんな言葉があなたと男の間に浮かぶが、気づいたのはあなただけだ。

「DNAは遺伝子を書く分子、というのはいいですね？　我々はかつてDNAを切り貼りすることで遺伝子を書き換えることができていました。もちろん、DNAの特定の部分を狙い撃ちするのは大変です。たくさんありますし、使える道具も化学反応だけですからね。ベクターとか、他の道具を使うようにもなりましたが、いかんせん時間も手間もかかって。でも、分子を直接つかんでやりとりできたらかんたんでしょう。そこで折り紙を使うんですよ」

そこでってどこでかな、とあなたは思い、だが口にはできない。折り鶴の鎖が曲がるからだ。折り鶴はいまやチューブのようにつながっている。男が手首を返すと曲がり、戻り、五つに枝分かれする。あなたは捕食動物のあごを想像し、すぐに打ち消す。

もっと良い例えがある。これは手だ。折り鶴で編まれた手袋だ。

「ビルの建設現場に起重機があるでしょう。ビルの天辺に据え付けられて、資材を引っ張り上げるすごく大きいやつですよ。あれ、どうやってビルの上まで上げるかご存知ですか？」

あなたは首を振る。ビルの建設現場などもう遠い記憶の彼方だ。ただ思い浮かぶのは、ガラスのビルに詰め込まれた折り鶴の群れ。

「あれはね、まず小さい起重機を上げるんですよ。それを使って、もう少し大きな起重機の材料を引っ張り上げるんです。上で組み立てて、あとは繰り返す。よくできているでしょう」

男は鶴を持ったまま、手首をほんのわずかにひねる。

すると折り鶴が鶴を折る。鶴のくちばしは鋭く尖り、まるでピンセットのようだ。どこからともなく紙をつまみ、折りたためば、完成品はもう見えない。

「折り鶴も同じなんですよね」

男は満足げに息をつく。あなたの肺からは息が引きずり出されていく。

「小さい機械を作るのは難しい。ならば、まずは道具から作らなくてはならない。小さい鶴を折るための鶴、その鶴を折るための鶴。〈ユニット〉たちはね、ただわけもなく鶴を折っているのではないんです。目的のために行動しているんですよ」

男は鶴を投げ捨てる。たじろいだあなたの前で、男は鶴を、鶴のマニピュレーターを踏み潰す。男は顔色ひとつ変えない。

「なんか作りましょうか」

男の手に皿が現れる。紙で折られた皿は鶴の首に縁取られて、まるで王冠のようだ。男が紙を投げる。紙は死神が投げてよこした招待状のように宙を飛び、皿に収まる。真っ黒な紙を鶴の首が折りたたんでいく。

現れるのは小さな〈ユニット〉。

「さあ、試してみましょう」

あなたは後ずさり、喉を押さえる。口の中が焼けている。炎があなたの中を下り、体の中心で爆発する。あなたはもがき、のたうち回り、それを見下ろす男の眼はあなたを見ていない。

「折り鶴はセルロースで出来ています」

〈ユニット〉があなたの体を這い登る。〈ユニット〉はあなたの口にとりつき、こじ開けて覗き込む。〈ユニット〉の口から紙が吐き出される。〈ユニット〉はあなたの口に紙テープを注ぎ込んでいく。まるで親蜘蛛が子蜘蛛に食事を吐き戻して与えるように。

あなたは紙を飲み込み、味に気づいて愕然とする。

この紙は焼き鳥の味がする。

「人間はセルロースを分解する酵素を持ちません。それゆえに、人は紙を食べる時には加工を施さざるを得ません。食べられないと言っていい。けどね、もう違うんですよ」

あなたはもう改変されているんです。

男の言葉が投げ出され、あなたは今度も受け止めそこねる。男は〈ユニット〉を取り上げ、くちゃくちゃと嚙み潰して飲み込む。

「あなただけじゃない。あなたはベクターを産生し拡散する。水平でも垂直でも感染を広げられます。こうなってしまう前の世界を覚えていますか？　皆が飢えていた。そのくせ食べ物は廃棄されていたんです。すべては流通の問題です。必要な場所に過不足のない食料を運ぶことができないせいで無駄が生じていた。でも今はもうちがうんです。世界中のあらゆる場所で食料を生産できる。なんでも作れるんです。千羽鶴はすべての原料になり製品になり消費主体になる。一切の無駄がない。折り紙はイマジネーション次第でなんでも折れるんですよ」

男があなたにのしかかる。あなたは男の眼を見てしまう。男の眼球と眼窩の隙間を見てしまう。あなたはガラスのビルを思う。千羽鶴がぎっしり詰め込まれたビルを。

この男も同じだ。

「めしあがれ」

男の口から鶴が溢れ出す。入れ物。あなたは鶴を嚙み砕き、飲み込み、吐き出す。吐瀉《としゃ》物を口移しされたらどうなるだろう。その吐瀉物が際限なく溢れ出してあなたを覆い尽くしたとしたら。その吐瀉物が折り鶴だとしたら。

その吐瀉物が、どうしようもなく焼き鳥の味がするとなれば。

「そうそう、〈ユニット〉はもうあなたを襲いません。あなたが〈ユニット〉を襲わないのと同じです」

千羽鶴の山に埋もれたあなたを置いて男は立ち去る。あなたはなかなか起き上がらない。この世のすべてがあなたを置いていくのを望んでやまない。

だが――腹がなる。鳴ってしまう。

あなたは起き上がり、歩き始める。

飢えには色も形もない。誰に抱えられていようが、どんな飢えも同じもの。個人の人間性の更に下の層にあるものだ。

あなたはもう飢えないだろう。

だから――いまあなたを苛《さいな》むのは、きっとあなた自身の悩みだ。

衣食足りて礼節を知る。

あなたはよろめき、どこへともなく歩き続ける。〈ユニット〉があなたの行く手をさえぎり、だがすぐに道を譲る。通りすがりに〈ユニット〉は紙を吐き出し、すると紙はまるで友のようにあなたの手に収まる。あなたの指が動き、鶴を折り、投げ捨てる。あなたは見ない。きっと、あなたはそれどころではない。

どこまでも歩いて行くあなたを見送って、〈ユニット〉は鶴を一つ折り、地にそっと置く。

第3話　箸袋のうどん

南海の帝を儵《しゆく》と為《な》し、北海の帝を忽《こつ》と為し、中央の帝を渾沌《こんとん》と為す。儵と忽と、時に相与《あいとも》に渾沌の地に遇《あ》う。渾沌、之《これ》を待つこと甚《はなは》だ善《よ》し。儵と忽と、渾沌の徳に報いんことを謀《はか》りて、曰《い》わく「人皆七竅《しちきょう》有りて、以《もっ》て視聴食息す。此れ独り有ること無し。嘗試《こころ》みに、之を鑿《うが》たん」と。日に一竅《いっきょう》を鑿つに、七日にして渾沌死せり。

『荘子』應帝王　第七

あなたはコミュニケーションが苦手だ。

苦しみのきっかけはいつもささいな出来事だ。今回のそれは店員に「いつもありがとうございます」と言われたことだ。聞き間違いだろうと願って顔をあげると、店員は確かにあなたを見ていた。あなたは目をそらし店から逃げる。何の店かには立ち入らない。あなたが一番知っている。いずれにせよ、あなたにはもう立入禁止だ。

何が起きたかわからないかもしれない。店員に顔を覚えられ、あいさつされたことの何が問題なのか。ののしられたわけでもあるまいに、と思うかもしれない。

こう考えてみればいい。自分が逃亡犯だと。恥ずかしくて、後ろめたくて、しかも誰にでも見透かされてしまう不都合な秘密の持ち主だと。息もできない。雑踏に隠れているときだけが安心できる、そんな人間は実在する。あなたがそうだ。違うと言っても構わない。いずれにせよこのお話は進んでいく。


そんな時、あなたは一冊の本に出会う。『コミュニケーション力アップ！　絶対受ける箸袋折り紙』だ。タイトルはこのとおりでなくて構わない。箸の入っていた紙袋を折って話の種にでもしろという趣旨だ。

溺れる者の常として、あなたもまた目についた藁にすがる。

そしてもちろん上手くいかない。

あなたを飲み込み押し流す流れの中にはきっと抜け出すきっかけもいくつか紛れていたのだろう。だがきっかけはつかまなければ意味がない。どうすればいいのかわからないまま、あなたは最初の藁にすがり続ける。

あなたはいくつもの折り方を試し、作品には達成感すら覚える。

だが、気がつけば会話の真空地帯から一歩も外に出ていない。誰もあなたに目を向けない。

箸袋なんか折っても仕方ない。

だがいまさら藁を手放せもしない。溺れる者は視野が狭まる。誰より助けを望んでいながら、あなたは救いを選り好みする。漫然と助かるぐらいなら溺れ続けたほうがましだと思っているわけではない。単に、何も考えられないだけだ。

なにより、折っている間は周りを締め出す事ができる。

あなたは意地になって折り続ける。

だからあなたは、あなただけはその異常に気づく。

箸袋の中に、妙なものが紛れている。

箸袋にはふつう店の名前が記されているものだ。だがあなたは時折、今いる店ではない名前が記された箸袋を見つけてしまう。他の誰も気づかない。箸袋を弄り回しているあなただからこそわかったのだ。

書かれているのはいつも同じ名前。

折り紙製麵所。

あなたは店員に知らせようとして無視される。無視されたことに卑屈な安心感を覚えながら、箸袋を捨てようとして手を止める。

箸袋には、地図まで記されている。

あなたは現地へ足を向ける。どのみち、ほかに行き場も思いつかない。


そうしてたどり着くのは、町はずれの、曲がりくねった路地のどんづまり。営業どころか人がいるかも怪しい、傾いたあばら家。周囲の建物にも人気はない。ビルの壁に這う配管から水が滴《したた》り、野良犬とも人ともしれぬなにかが遠くでなきわめき、視線を感じて振り向けばさっと閉じられたカーテンの奥で気配が動く。

何かの間違いであることを願いながら、あなたは看板を見直す。

折り紙製麵所。細い手書き文字。おいしい＊＊あります。何がおいしいのかはかすれて読めない。ご丁寧に年中無休二十四時間営業である旨、書き添えてある。

ちょうどお腹が減っていたところだと、あなたは自分に言い聞かせる。

入り口は引き戸だ。中は暗く、何の音もしない。戸を引くと抵抗があり、何かがびりりと音をたてる。破れた紙が床に落ちる。箸袋だ。あなたはいぶかり、納得し、何に納得したのかわからないことに気づきながら店内に足を踏み入れる。

店内に人の気配はない。生命の気配もないことにあなたは気づく。埃っぽい空気は有史以前から一度も換気したことのないような匂いがする。暗くてよく見えない。テーブルが並んでいる。丸椅子もカウンターもある。食べ物屋だったことがあるにせよ、遠い昔のことのようだ。

あなたはたじろぐ。

そして何かを踏む。

あなたは床に目を落とす。箸袋がうず高く積み上がっている。靴の裏に張り付いた箸袋を払い落とそうとする。だがうまくいかない。箸袋はあなたの手から逃げる。あなたは手こずり、やがて手に痛みを覚える。紙の端で指を切ってしまったのだ。まるで箸袋が噛みついてきたように感じてあなたは驚き、いぶかる。

血がにじんで、落ちる。

すると床がいかいかい、立ち上がる。

びっしりと敷き詰められていた箸袋がまるで一枚の幕のようになって持ち上がっていく。シーツをかぶった幽霊にも似ている。箸袋で出来たシーツは何の支えもなく宙に浮かび、何の前触れもなくサラサラと音をたてて縮み、人の形をとって一歩を踏み出す。両手を突き出してよろよろ歩むさまはミイラのようだ。店の床に埋葬されていたミイラが包帯の代わりに巻いているのはもちろん箸袋であり、するとあなたの役回りは死者の眠りを妨げた盗掘者ということになりはしないか。

突如店の明かりが灯り、鍋から湯気が噴き上がる。ミイラが両手をあげる。まるでオーケストラを前にした指揮者のようだ。あなたも演奏者の一人かもしれない。使う楽器はもちろん喉と、混じりけなしの恐怖心だ。

あなたは後ずさり、するとミイラはもういない。ミイラはあなたの背後に出現している。店の入り口でかがみこみ、戸に何かを張り付けている。御札でも封印でもない。もちろん箸袋だ。あなたは人が一生で目にするよりはるかに多くの箸袋を目にしている。なにかがはらりと舞い落ち、あなたは天井を見てしまう。天井から箸袋が落ちてくる。箸袋は天井からびっしり垂れ下がっている。まるである種の虫や海洋生物が産み付けた卵嚢《らんのう》のようであり、産み付けたのはミイラかもしれないとあなたは思う。落ちてきた箸袋が床で身をよじったように見えてあなたは目をこする。あなたは再び店の入り口に目をやる。ミイラはあなたに目もくれず、一生懸命戸に箸袋を張り付けている。降ってきた袋がミイラの頭に当たり、すると箸袋はミイラの顔に張り付いて、はじめからそこにあったかのように一体化する。時間は何事もなかったかのように流れていく。

ここは一体何なのか。

確かなことがある。このミイラは店の入り口を目張りしている。あなたが入ったのを見た後で。

鍋から噴き出した湯気が充満し視界をさえぎる。だが目張りは湿気を物ともしない。窓や天井や床などあらゆる隙間に及んでいる。まるで何かを封じているようだとあなたは思い、その何かとはミイラだったのではと疑う。あなたが立ち入るまでこの店は目張りされていた。一体誰がそんなことをするのか。密室で人が死んでいれば自然死や自殺とみなされるように、目張りは店の中で唯一動いているこの箸袋包帯男の仕業にほかならないのではないか。

男でなくて女かもしれない。あなた以外の誰もそんなことを気にしていない。

とにかく、このミイラは自分を封じていた。

そんなところにみすみす立ち入った間抜けがいる。あなたのことだ。

あなたは入り口を目指し、するとミイラが立ちはだかる。ミイラは何も言わない。捕食者は獲物に言葉などかけない。マナーが人を作るという。礼儀知らずは人間でない。だから戸に目張りされたこの店の中では人間の流儀は通用せず、弱肉強食の世界が広がっていて肉とは自分だ。そんな理解があなたの中でじたばた騒ぎ、あなたはそれをなんとか追い出して正気の世界へ戻ってくる。

ミイラの腕が上がる。銃を突きつける動作にどうしようもなく似ている。ミイラはテーブルの方へあごをしゃくる。あなたは否も応もなく席につく。

テーブルの周りを回りながら、ミイラはあなたをにらみつける。にらみつけているはずだ。目はない。口もない。声さえ出していないかもしれない。それでもあなたは視線を感じる。運命の審判がくだされるのを確かに聞いてしまう。

「例のものは？」

あなたの橋は焼け落ちる。あなたの行く手の道は断たれて退路もない。天井をびっしり覆い尽くす箸袋のひとつがはらり剝がれて、中の箸が落下してくる。ミイラは見もせず手でキャッチし、握ってへし折る。ぼきぼきに折れた箸はあなたであってもおかしくはない。

「例のものは？」

あなたは観念して財布を差し出す。ミイラはまずクレジットカードや定期やその他を取り出し、曲げる。一枚一枚丹念に曲げて、虫の死骸かなにかのように放り出す。次に曲げられるのは硬貨だ。硬貨を人差し指と中指だけで折りたたんでいく。金属片がまるで紙切れのようにぐしゃぐしゃ曲がる。ミイラはうつむき、肩を落として、お誕生日ケーキに苺ではなく乾燥貝柱が載っていた人のようにため息をつく。

だがその指が紙幣に触れると、ミイラの背筋が急に伸びる。

たちまちのうちに札びらが曲がる。指が目にも留まらぬ速さで動き、お札を伸ばして折りたたんでいく。何かしら複雑な構造体が生まれそうになるが、ミイラは不満げになり、破いて捨ててしまう。日本銀行券を破いても法律には触れない。あなたがそれを知っているかどうかはこの際まったく重要でない。あなたのお金は破壊され、あなたと、狂った箸袋ミイラとの間にひらひら漂う。

「他には？」

あなたは大富豪ではない。札束など携帯していない。あるいはあなたはスーツケースに札束を詰め込んで運ぶ習慣があるのかもしれないが、ミイラ相手に稼げる時間は数秒もあればいいところだ。

だから差し出せるのはもう命ぐらいしかない。

窮鼠《きゅうそ》、猫を嚙む。

あなたは立ち上がり、テーブル越しにミイラへつかみかかる。あなたの手がミイラの包帯にかかり、引き剝がす。するとその下に現れるのは別の包帯だ。ミイラは首を傾げ、くつくつ笑う。それでもあきらめきれずにいるあなたの手をミイラがそっとつかみ、有無を言わさずテーブルに押し付ける。万力に挟まれたような痛みに、あなたは悲鳴をあげる。

「他には？」

なにもない。

ミイラが首を傾げていく。首は直角に曲がり、逆さになり、一周回ってもとの位置に戻っていく。まるで時計の針だとあなたは思う。時限爆弾に取り付けられた時計の秒針が一周して、すべてが木っ端微塵になるさまをあなたは幻視する。

「ないのか？」

斜めになった逆さ頭がうめく。

あなたは必死にポケットを探る。このポケットは人生だとあなたは思う。肝心なときに限って何も出てこないのは準備を怠ったから。ゴミクズばかりたまっているのは雑に生きているから。

何かがあなたの指に当たる。

箸袋。

絶望に打ちのめされて、あなたは箸袋を取り出し見つめる。こんなものさえ見つけなければ。折り紙をやろうなんて思いつかなければ。もっとまともに人と関わってさえいれば。後悔は無限に後退し、だからあなたは気づくのが遅れる。

「あるじゃないですか」

ミイラが箸袋をひったくる。うやうやしくかかげるさまはまるで宝物でももらったかのようだ。

「それで？」

あなたの手が、半ば自動的に動く。

箸袋で折った蛇の折り紙を差し出すと、ミイラはお辞儀する。

「あなたをお待ちしておりました。ようこそ、折り紙製麺所へ」

「あ、いいですねー。これもかわいいですねー。お上手ですね、よくできてますねー。これあなたが考えたんですか？　違う？　いやー面白い」

あなたは折る。折って折って折りまくる。

先住民をガラス玉で手懐ける探検家のように、あなたは次々と箸袋を折っていく。

急浮上したダイバーが潜水病に苦しむように、正気の世界へ突然引き戻されたあなたは少々ぼんやりしている。そのせいで、普段なら言わないようなことを言い、聞かないようなことを聞く。顔がほてり、警戒心は蒸発していく。ミイラもまた、外見からは想像もできないフレンドリーさを発揮してあなたの話に耳を傾ける。

ひとしきり作品を並べて満足したあなたは店内に目を向ける。ここは何なんですか。ほんの数分前なら、この問いの答えは命と引き換えでもおかしくなかった。だが今は気楽なものだ。

「うどん屋さんなんですよねー」

湯気の充満する店内を示しながらミイラ改め店主は言う。

「見た目ちょっとびっくりされたかもしれませんけどだいじょうぶですから。鍋の準備もできてるんで。まあお客さんは今日はあなたが最初ですけどね」

無理もないとあなたは思い、口にはしない。代わりにあなたは箸袋のことを聞く。どうして、他の店にここの箸袋が混ざっているのか。

「気づいてもらうためですね」

店主はあなたに顔を近づける。目も口もどこにあるのかわからないことをあなたは少し思い出し、すると店主の言葉が注意を引く。

「なにかあるんでしょ、お客さん。なにかがあなたには欠けている。だからこの店にたどり着いた。その箸袋は言わば食券がわり。この店はあなたを待ってたんですよ」

あなたの舌に苦味が戻る。置き去りになっていた現実が追いついてくる。

ここは何なのかとあなたは問う。

「折り紙製麺所です」店主は笑う。「さっきも言ったでしょう。あなたみたいな人をずっと待ってた店ですよ」


あなたはつかえつかえ話す。どう会話していいのかわからない。話しかけ方がわからないと、初対面の相手に話しかけている矛盾に気づいてあなたは苦笑する。

店主は黙って聞いている。あなたの横に椅子を持ってきて腰を下ろす。

意味ありげに揺らめいた店主の手に箸が現れる。反対の手には箸袋。まるで生きている蛇のように鎌首をもたげた箸袋を、店主は箸にあてがう。三、二、一。振り下ろされた箸袋は音も立てずに箸を両断してしまう。

箸袋で箸を割る、定番と言っていい手品。だがあなたの目は箸の断面に吸い寄せられる。

へし折られたのではなく、刃で切り落とされたような滑らかさ。

「何の問題があるんです？」

店主の手が箸を消し去り、あなたは正気に返る。どこにあるかわからない目が、あなたをはっきり見据えている。

「話しかけられないとあなたは言う。コミュニケーションが難しい。そのことに引け目を感じている。普通の人ができるようにできないから。そういうことですよね」

あなたはうなずく。店主もうなずく。あなたと店主との間に、一枚の箸袋がひらひら落ちてくる。そのまま床に落ちて山に紛れてしまうのを見守っていた店主が、ぽつりと言う。

「箸袋ってあるじゃないですか」

ある。こんなにも箸袋が集結している場所はここを除けば箸袋工場ぐらいのものだろう。

店主がふと指を鳴らす。するとさっき落ちてきたと思しき箸袋が持ち上がり、店主の手に収まる。

「これ、ないところもありますよね。割り箸だけ置いてあって自由に取るとか、箸を添えてくれるけど袋はつけないとか。おもてなしというやつですよね。つけないところは客を侮ってるのか、というとそんなことはない。ただ、コストとか環境意識とか、とにかくいならないで構わないんですよ。

じゃあ箸が入ってなくて、箸袋だけあったらどう思います？」

わたしは嬉しいんですよね。

店主が箸袋を折りたたむ。複雑に折りたたまれた構造物が人間の形を取る。箸と、箸袋と、細く裂かれた箸袋で作られた操り人形だ。顔もある、服も着ている人形は床に降り立ち、店主の手の動きがそれを操る。

「けど、人間の皆さんは面食らいますよね。逆に箸はあるのに箸袋がないから箸は出さない、なんてそんな店があったらおかしいでしょう。でも、お客さんもそうじゃないんですか」

人形がうろたえ、膝をつき、困り果てたように倒れ伏す。その顔はどこかあなたに似ていることにあなたは気づく。

箸を出すなら箸袋がついてなきゃだめだと思いこんでいませんか。

最善を求めて身動きが取れなくなってるんじゃありませんか。

口を開く前に、目を合わせる前に考えてしまうあれこれに押し潰されてはいませんか。

「別にいいんですよ。ちょっとぐらい足りなくても」店主が腕を振る。埃っぽい店内に風が吹き、箸袋が舞い上がって、優しき雨のように降り注いでくる。

「うちをごらんなさい。これでうどん屋をやっています。営業できてるんですよ」

圧倒的な説得力。自分の悩みがちっぽけなもののように思われてあなたは瞬きする。店主が手のひらを上に向けると箸袋が宙を舞う。ついでのように店主も浮かび上がっている。

天井まで浮かび上がって回転し始めた店主は何の前触れもなくどさりと落ちる。包帯のように体を包んでいた箸袋がほどけ、しぼんで店主はいなくなる。驚いたあなたは腰を浮かせ、するとあなたの肩に手を置いているのは店主だ。いつ背後に回ったのか、あなたは考えようとして止める。

「自分に恥じることさえなければそれでいいのではありませんか」

あなたはうなずかない。ただただ気圧されている。店主があなたの肩を叩き、あなたは体がこわばっていたことにようやく気づく。

「まあ、それはさておき、あなたはもう大丈夫じゃないですか」

大丈夫。あなたはかすれた声を漏らす。何が大丈夫？

「だってわたしと話してますよ」店主の喉がくつくつと音をたてる。笑っているのだ。

「こんなミイラみたいな格好の相手と礼儀正しくやっていけてるじゃないですか。怖いものなんかありますか。なんでも話してごらんなさい。うまくいくときもいかないときもあります。けど、どんな状況だろうと、きっとこれより簡単ですよ。

自信を持ってください。あなたはそれでいいんですよ」

いいのだろうか。あなたは確信できずにいる。持てと言われただけで湧いてくるものを自信と呼べるのだろうか。あなたの腹にもやもやが宿る、それもすぐにご破算になる。腹がなるのだ。

「お腹減ったでしょう。そろそろ出来上がりますよ」

店主の言葉に応えるように、鍋がしゅおおおと湯気を噴き上げる。

店主は厨房に姿を消し、あなたはひとり取り残される。


あなたは待つ。奇妙に重い沈黙が垂れ込めている。

あなたは思い立って箸を探すが見つからない。箸袋ばかり豊富に積み上がるこの場所で、箸の存在感はあまりに薄い。店主に聞こうと顔を上げたあなたが目にするのは、こちらをじっと眺めている店主の姿だ。

「なにをお探しです？　もしかして自分ですか？　自分探しですか？　はっは。まだそんなこと言ってるんですか？　さっきの話はなんだったのかなあ」

あなたの顔が熱くなり、言葉は凝《しこ》って喉を下る。店主は鼻を鳴らし、首をごきごき曲げて鍋を覗き込んでいる。顔を伏せたあなたは気をそらすために箸袋を折る。だがせっかく兎や蛇や五角形を作っても心は安らがない。ぱちぱちと何かが燃える音がする。ガスではない。何かが燃えているのか。だが今のあなたにはもう尋ねる気力は残っていない。

帰ってしまおうか。

もうこの店にいても仕方ないのではないか。

ちょっといい話にごまかされてしまったけれど、ここはとても異常な場所だし、店主もまともな人間ではなさそうだし――。

腰を浮かせたあなたを、店主の声がつなぎとめる。

「うどんの語源をご存知ですか」

あなたは知らない。だが箸袋がひとりでに浮かび上がると、あなたはもう知っている。


「餛飩《こんとん》、又温飩《うんどん》とも云う。小麦の粉にて団子《だんご》の如く作るなり。（中略）混沌《こんとん》と云うは、ぐるぐるとめぐりて何方にも端《はし》のなき事を云う詞なり。（中略）食物なる故、偏の三水を改めて食偏に文字を書くなり。あつく煮て食する故、温《うん》の字を付けて温飩とも云うなり。」

伊勢貞丈『貞丈雑記』

空中に現れた字をあなたは読み取る。

異常に気づくのは少し時間を要する。

どうして字があるのか。目をこすろうとした指がなにかに触れてあなたは悟る。

あなたの眼球と眼窩の隙間に箸袋が入り込んでいる。

箸袋はある種の平たいケーブルのようにあなたと何かをつないでいる。奇妙な温かさと脈動が、眼窩の奥に伝わってくる。神経に直につながっているものだけが持ちうるある種の図々しい温度が箸袋には宿っている。

あなたは取り乱し、箸袋を引き抜こうとして止める。眼球ごと引き抜いてしまいかねない、そんな恐れにあなたは固まってしまう。どうすればいいか迷ううちに、箸袋の方からするりと抜けていく。

箸袋の平たいケーブルが戻っていくのは、もちろん店主の手の中だ。

「古来、人を惹きつけてきたものがなんだかわかりますか？」

これですよ。店主があたりに手を振る。

「紙ですよ」

箸袋が舞い上がり、嵐となってあなたに襲いかかる。あなたはたまらず椅子に腰を下とし、すると何かがあなたの背後から肩を押さえつける。瞬間移動した店主だ。

「人は己を試しつづけた。神に相対する資格の有無を問うことが祈りならば、祈りを捧げるここは神殿なのです」

折《いの》りなさいと店主は言う。

「ここは神へ供物を捧げる神殿なのです」

あなたはしびれ、怯えている。供物とはなんのことなのか。その答えはもう知っているという思いを、あなたはなんとか押し殺す。

「折《いの》りなさい」

店主は言う。あなたは折る。折って折って折りまくる。

「そうです。それでいいんです」

店主は満足げにうなずき、鍋の中から何かをつかみだす。箸袋の束はくたりと曲がり、かと思うとぴくぴく震えて飛びはねる。鮮魚のようだとあなたは思う。白くて細長くて目のない虫にも似ていて、あなたはそこで連想を断ち切る。

店主はのたうつ箸袋を不満げに見つめて鍋へ投げ込む。そうしてあなたに目を留める。

「折《いの》りなさい。紙のために」

そんな神は知らないとあなたは思う。だが正直に言うあなたではない。わかったふりをして、曖昧《あいまい》にうなずく。幸いなことに、あなたは成り立たない会話をやり過ごす経験なら少しは積んでいる。

「供物スタンバ――――――イ！」

だが店主が絶叫すると、ごまかしてばかりもいられないことが明らかになる。あなたは現実から逃げ出せはしないかと箸袋を必死に折り曲げ、店主はそれを取り上げて息を荒げる。

「なかなかいいでしょう。トッピングにちょうどいい。もうすぐですよ。もうすぐ出来上がる。待ちきれないでしょう。あなたの為に作ってるんですよ」

鍋から禍々《まがまが》しい湯気が立ち上り、ガタガタ揺れ始める。爆発寸前を絵に描いたような有様にあなたは冷や汗をかき、すがるようにして話の接穂《つぎほ》を探る。

何を、何を作っているんですか。

あの鍋には何が入っているんですか。

店主が首を傾げる。

「うどんですよ」

渾沌ですよ。

二つの言葉が同時にあなたの脳裏にひらめく。あなたはとっさに目を覆うが、箸袋はあなたの目に入り込もうとはしない。店主は箸袋を曲げて字を表す。温飩。その字が震え、次の瞬間には違う形になっている。渾沌。

「『荘子』に記された神の名です」

――南海の帝を儵《しゆく》と為《な》し、北海の帝を忽《こつ》と為し、中央の帝を渾沌《こんとん》と為す。

店主は神話を語り始める。神話とは最古の物語であり、理解不能な現実と少しでも折り合いをつけるためのあがきであって、つまりはあなたが折ってきたものに似ている。

「渾沌はね、悪いものじゃなかったんですよ。儵と忽をよくもてなしたんです」

――渾沌、之《これ》を待つこと甚《はなは》だ善《よ》し。

「なのに殺されてしまった」

——日に一竅《いっきょう》を鑿つに、七日にして渾沌死せり。

「どうしてだかわかりますか？　周りが馬鹿だったからです。混沌のことが理解できなかったんだ。穴がなくても大丈夫なのに、あったほうがいいに決まってると決めつけた」

——人皆七竅《しちきょう》有りて、以《もっ》て視聴食息す。此れ独り有ること無し。

「穴がないから何なんです？　紙に穴など必要ないのに」

——此れ独り有ること無し。

「良かれと思って自分たちの価値観を押し付けた」

——儵と忽と、渾沌の徳に報いんことを謀《はか》りて——。

「その結果、渾沌はどうなりました？　ええ？　どうなりましたかって聞いてるんですよ。手が止まってますよ！」

店主の箸袋がほどけ、他の場所に寄り集まって再び体を構成する。店主の体には穴が一つもないことにあなたは気づく。目も耳も口もない。店主は見ず、聞かず、語らない。店主の理屈に穴はない。店主は暴力的な真実としてただそこに存在している。

「あいつらに合わせる必要なんかないんです。あなたは立派だ。ありのままのあなたこそ素晴らしい。話しかけてやる必要なんかないんですよ。奴らこそあなたの言葉を聞くべきだ。あいつらがこっちに合わせるべきなんだ。さあ折《いの》りなさい。折《いの》りなさい。折《いの》りなさい。あなたを待っていたんですよ。穴なんか開けてほしくなかったのに開けられて、そのせいで苦しんでいるあなたみたいな人が来るのをずっと待ってたんです。あなたを満たしてあげましょう。それがこの店なんだ。さあ召し上がれ。渾沌《うどん》がゆであがりましたよ」

鍋から噴き上がった湯気が店内に充満し、視界をさえぎる。店主の影が影絵のように踊り、奇声とともに伸びあがって高笑いする。

あなたはもがき、逃げ出す。

だが逃げることはできない。すこしばかり走ることはできる。店主を突き飛ばし、一心不乱に駆けて、まともな世界へ逃げ出す希望をもてあそぶことはできる。だが引き戸は目張りされている。張り付いた箸袋はびくともしない。はがそうとやっきになっているあなたの背後に気配が生じる。

振り向いたあなたの口に押し込まれるのはうどんであり、混沌《うどん》であり、つまり箸袋《うどん》だ。

「穴をふさいであげましょう」

箸袋はカサカサしていて嚙みきれない。人間の食べる物ではない。だが店主は意に介しない。鶏を太らせる農夫のように、あなたの首根っこを押さえて口に箸袋《うどん》を流し込む。

箸をくれ！　流れ込む箸袋《うどん》の切れ目をついてあなたは叫ぶ。せめて自分で食べるから！

店主は首を三百六十度ひねり「何が箸だ！」と青筋を立てる。「折り紙は手で折るものでしょうが！　紙と心を通い合わせる、それが祈《お》り紙なんですよ！　箸なんか必要ありません！」

鍋から箸袋がくねくねと伸び上がって揺れ、あなたの口に、鼻に、目に飛び込んでくる。あなたは生きた心地もしない。「お代わり自由です！」と店主が叫び、つまりあなたの逃げ場はない。あなたの心に穴が空いていたとして、もはやなんの意味もない。誰もあなたを助けに来ない。あなたの命運はここで尽きる。箸袋に埋まって命を落とすのだ。もし死ぬことが許されるならの話だが。

だがそのとき、どこからともなく箸が降ってきて、あなたの足元に突き刺さる。

あなたは驚く。箸袋しかないようなこの場所で箸を見出したことに驚き、箸に何ができるのかと戸惑う。だが他に手はない。あなたは箸を手に取り、震えを感じ取る。箸は英雄と巡り合った運命の剣のようにしっくりとあなたの手のなかに収まる。

店主があざ笑う。

「おやおや、それでどうする気です?」

あなたは無我夢中になって箸を突き出し、店主の顔を貫く。

店主がのけぞり、あなたを突き離す。箸袋の流れが止まり、倒れたあなたを見下ろす店主の顔には箸が突き刺さっている。まるで片目のカタツムリのようだ。店主は苛立たしげに箸を引き抜き、怪訝そうに見つめる。引き抜かれた箸は箸袋にすっぽり収まっている。箸袋はもうごめいていない。店主が傷口から押し込んでも、箸袋ははらりと落ちてゴミになるばかりだ。

あなたと店主の間に疑問が、そして理解が漂う。

箸袋は箸を収めるための紙で出来た袋だ。

箸袋には開口部がある。箸を収めるとき、その穴は否応なく意識される。

渾沌は穴を開けられて死んだ。

あなたは店主に飛びつき、箸を奪おうとする。だが店主は難なくあなたを払いのけ、放り捨てる。あなたは厨房へと飛び込んで鍋をひっくり返してしまう。熱湯をからくもよけたあなたは夢中になって箸を探し、鍋のかかっていた火の存在を思い出して武器にしようとする。だがコンロの火は消えている。ガスにつながってさえいない。どうやってゆでていたのか、火はここには存在していない。

「火は使いません。紙は燃えるんでね」

店主がくつくつ笑い声を漏らす。

あなたは必死にあたりを見回す。

そうして、厨房の隅に折れた箸の山を目にする。

あなたは箸の山を探り、絶望を見つけ出す。これは箸の墓だ。へし折られた箸はあなたの手が触れるや形を失くし塵に還っていく。「無駄ですよ。それは必要ない」店主が箸袋を従えて舞い上がり、鷹のようにあなたへ襲いかかる。「受け入れなさい。あなたはあなたになるんです」

あなたは拒む。伸ばした腕が空を切り、床にこぼれていた熱湯に突っ込む。あなたは悲鳴をあげるが、そのとき別のなにかに触れたことに気づく。

それは菜箸だ。箸袋に収めるための箸ではなく、そして温飩をゆでるなら必ず使う箸。

あなたは菜箸をつかみ、剣のように振るう。

「お?」

店主が傾く。箸袋が剝がれ、開いた傷口から虚ろな中身がのぞく。あなたはさらに菜箸を突き刺す。菜箸は長い。箸袋に収まっても持ち手の部分は残る。箸袋のミイラを突き刺すのにうってつけだ。

一撃ごとに穴が開き、店主の体から力が抜ける。あなたは夢中で箸を繰り出す。穴が七つになったとき、顔にあたる部分の真ん中の開口部から異音がこぼれる。

「どうして……どうして」

そうして店主は崩れ去る。

あなたは箸袋の山に埋もれる。紙をかき分け、入り口の目張りに菜箸を突き立てるとあっさり破れる。あなたは店を飛び出し、もう走れなくなるまで走る。

息も絶え絶えに振り返ったときには、あなたは現実世界に帰還している。

あなたはその後も生きている。

あなたが他人とコミュニケーションを取れるようになったかについては関知しない。あなたが一番知っている。だが人間を相手にするとき、いたずらに恐れることはもうない。

確かな変化があるとすれば、あなたは自分の箸を持ち運ぶようになった。飲食店では割り箸を断り、箸袋を見れば念入りに穴を開く。折ったりなどしない。箸袋は箸を収めるためのものだからだ。

走れメデス

本書書き下ろし

シラクサの王ヒエロンは金の宝冠を作らせたが、職人が材料の一部を盗んだのではないかと疑い、冠を破壊せずに調べるようアルキメデスに命じた。

アルキメデスは激怒した。

「必ず、かの邪智暴虐の王を除かなければならぬ！」と叫んでヒエロン王に飛びかかった。アルキメデスには何もわからぬ。王の元へと出入りして、知恵を出すよう迫られた。知恵が出ないので手を出した。

アルキメデスパンチ！　アルキメデスキック！　アルキメディアン・スクリューパイルドライバー！　どうだ参ったかヒエロン王よ、殴る、蹴る、相手を固める。これがパンクラチオンです――。

「――メデス、アルキメデス」

アルキメデスは我に返った。

ヒエロン王が顔をのぞき込んでいた。王は何も言わない。だがその視線が問うていた。聞いていたか。

「聞いていました」

答えながら、アルキメデスは内心頭を抱えた。

ヒエロンはシラクサの王である。厳密に言えば僭主《せんしゅ》であった。その身分でもないのに王を自称しているという意味である。だが、混乱していたシラクサの政情を安定させ、六十年以上に亘って統治してきた。

そんなヒエロン王の元へ出入りする男がいた。名をアルキメデス。アルケーとは「原理」。メーデスとは「知性」。だからこの名の意味するところは「知性を原理とする人」である。

その名のとおり、様々な難題をいともたやすく解決する知恵者として評判だった。天文学者の父に育てられ、アレクサンドリアへの留学経験もあった。

だが当人には自覚はなかった。子供の頃からぼんやりしていた。思いつきを垂れ流していたらなぜか王に気に入られた。何が評価されているものかわからない。アルキメデスはヒエロン王を恐れていた。

ヒエロン王は抱えていた金の宝冠をアルキメデスに渡した。

月桂樹の冠とも、金のワイヤーで編んだ鳥の巣とも見えた。鋭いトゲがいたるところから突き出していた。目を貫かれるようで、アルキメデスはできるだけ見ないようにしていた。

「これが純金製かどうか知りたい」

「混ぜものですか」

材料の金を受け取り、一部をくすねる。足りない分は安い鉛などを混ぜて、同じ重さの製品にして返す。そうした盗みの手口である。

だがヒエロン王は首を振って、宝冠をもう一つ出してきた。寸分違わず同じである。

「どちらも材料と同じ重さだ。一つ分の材料しか渡していないのに二つ持ってきた。どうやってこんなことをしたのか知りたい」

なぜ、とは聞かないのだな――アルキメデスはふと思った。

ヒエロン王は意味ありげな目配せをした。

「立体を無数に分割して体積がどうのという話をしていただろう」

アルキメデスはうなずいた。立体の求積はアルキメデスが目下取り組んでいる問題である。これはつまり、時々思い出しては腹が痛くなるという意味だった。何のめども立っていない。なにより、冠と何の関係があるのかわからない。

「まあいい」王はアルキメデスに冠を一つ押し付けた。

「セリヌンティウスのところへ行くがいい」

「あの石工ですか？　なぜ石工が金冠など？」

アルキメデスは冠を返そうとした。だが王は取り合わなかった。

「あいつがこの冠を持ってきた。どうか謎を解いてくれ」


拒もうにも手遅れである。決心がつかないままさまよい、気がつけば、アルキメデスは工房に足を踏み入れていた。

セリヌンティウスは岩を見据《みす》えていた。やおらためらいもなく頭を叩きつける。岩が割れ、ごとりと落ちた。鏡よりもなめらかな断面に、セリヌンティウスのしかめっ面が映っていた。

セリヌンティウスの頭にはノミが柄まで突き刺さっている。

かつては平凡な石工であった。雷雨の日に道で転んだ。携えていたノミが不運にも額を貫通した。直後にノミに落雷した。

だがセリヌンティウスは死ななかった。何事もなく歩き回り、頭突きで石を割っては人智の及ばぬオブジェを作るようになった。

そんなセリヌンティウスと、アルキメデスはまんざら知らぬ仲ではなかった。

「セリヌンティウス」

その目がぐるりと動き、アルキメデスを捉えた。

「えうれか」とセリヌンティウスが言った。工房の隅から石球をとってきてアルキメデスに持たせた。ずっしりと重い。よく見れば、表面には切れ目が入っていて、ある種のパズルのように分解できそうである。

「ああ、できていたのか。いや、今日は違うのだ」

アルキメデスは気圧されながらも、とつとつと事情を話した。

「あの冠、どうせ石でも埋め込んであるのだろう？」

セリヌンティウスは顔をしかめて、石球に頭突きした。砕け散った。するとセリヌンティウスは破片を几帳面に拾い、なにやら組み合わせ始めた。またたくまに二つの球を組み上げ、アルキメデスに持たせた。

両方とも、先と同じ程度に重かった。

「エウレカ」とセリヌンティウスが言った。

思わず考え込みそうになって、アルキメデスはふと我に返った。

「いや、これはいいから、冠だ」

するとセリヌンティウスはじれったそうに冠を取り上げた。そうして、両端をつかんでひっぱった。冠はぎちぎちと変形しながら伸びた。

アルキメデスは直感した。セリヌンティウスは証拠隠滅をはかっている。

「やめろ！」

とっさに、アルキメデスはセリヌンティウスにつかみかかった。

セリヌンティウスはムキムキだった。頭にノミが突き刺さってからこっち、セリヌンティウスはむやみに筋肉が肥大し、三人がかりで持ち上げる岩も一人で運べるほどだった。

だがアルキメデスとて、パワーでは負けていなかった。

「鍛えろ。気が紛れる」と王に勧められ、張り切って身体を鍛えていた時期があったのである。あるとき急に無意味に思われてやめてしまったが。

今は役に立ったな。アルキメデスはぼんやりと思った。鍛え上げた筋肉が、セリヌンティウスの怪力を真っ向から受け止めた。冠をもぎとり、つかみかかってくるセリヌンティウスをぐいと押し返した。

セリヌンティウスがたたらを踏み、何かに足を取られて転んだ。

鈍い音がした。

アルキメデスは目を閉じ、開き、こわごわ視線を落とした。

そしてセリヌンティウスは倒れていた。首がよくない方向に曲がり、ノミが後頭部まで貫通していた。ぴくりとも動かない。さっきの石球が足元に転がっていた。

がしゃんと音がした。目を向けると、弟子と思しき男が、抱えていた道具を落としたところだった。

身体が勝手に動いた。

冠を拾い上げ、弟子を突き飛ばし、工房を飛び出す。その様子を、アルキメデスはまるで他人事のように感じていた。


走りに走った。どれほど走っても息は切れない。「走れ。気が紛れる」と王に勧められ、シラクサの通りを毎日走っていた時期があったのである。裸になって走り、思うさま独り言を言うと気分が良かった。だが市民が真似をしながらついてくるのでやめてしまった。

いま、アルキメデスは叫びながら走っていた。大路を走り、シラクサの市を出た。雨が降り出してきた。すぐに豪雨となった。車軸を流すような雨の中を、アルキメデスはひたすらに走った。

どうやったらいいのかなあ。身体が走っているあいだ、アルキメデスの意識はさまよった。身体から抜け出て、走っている自分自身を他人事のように見ているような感覚があった。その手の中で冠は折れ曲がり、一部は裂けて、壊れていた。セリヌンティウスは死んでしまった。石の球を出してきて、どうやったのか二つに増やして、その球を踏んづけて転んで——。事情はもはや聞けない。

わけがわからない。

今に始まったことではない。かねてから、セリヌンティウスはアルキメデスの理解を超えていた。

あるときは多面体の分類を試みた。頂点のまわりに一種類の合同な正多角形が集まる多面体を正多面体、別名プラトンの立体という。アルキメデスはもっとあるのではないかと考え、模型を作らせようとしたが、セリヌンティウスはクラインの壺やシェルピンスキー四面体や実物大フラーレン模型などを作りたがり、結局は自分でやる羽目になった。そうして分類された半正多面体は、アルキメデスの立体としても知られている。

また立体の求積に取り組んだときには、セリヌンティウスは突然やってきて、円錐形の石を出してきて向こうが透けて見えるほど薄切りにした。そうやってできた扇形を並べ、なにやらもの言いたそうにするセリヌンティウスを見るうちに、体積が面積の和に還元できそうな気がしてきたが、扇形の石片が風にひらりひらり飛ばされたとき、アイディアもどこかへ消えた。

そして石の球である。球の求積に取り組み、円錐の集まりとして表せるのではとひらめいて、模型を作ってもらっていたのだった。受け取るのは忘れていた。そのせいであんなことになった。

もう仕方がない。せめて宝冠に混ぜものがあったかどうかだけでも突き止められないものだろうか。

アルキメデスはかぶりを振った。そうして、身体を震わせた。大雨である。濡れて寒い。考えがまとまらない。どこかで雨宿りをさせてもらえないものか。

民家があった。

軒先でぼんやりしていると、出てきた家人と目があった。走り去るのも怪しいかと悩んでいると招き入れられた。

中は大勢の人でむっとしていた。その中心には着飾った男女が幸せそうにしていた。結婚式である。様子をうかがっていたアルキメデスに、主人と思しき男が近づいてきて目を輝かせた。

「お祝いの品を持ってきてくださったんですか。どこのどなただか存じませんがありがとうございます。さあこちらへ」

たちまち人々が群がってきた。純朴そうな新郎新婦が、アルキメデスの宝冠を見て拍手した。

困り果てた。違うんですとも言えないまま、アルキメデスは花嫁の前に進み出て、冠の成れの果てをティアラのように頭に載せてやった。

アルキメデスは貴賓席に案内され、スピーチまで頼まれてしどろもどろに「支点さえあれば地球も動かせますが、おふたりの愛は動かせません」などと話して大喝采を博した。

そうして酒を飲み、花嫁の頭に載せられた冠を眺めていると後悔が押し寄せてきた。一方で、これは証拠隠滅に成功したとも言えて、重荷をおろしたような感覚もあった。考えれば考えるほど頭が痛くなり、アルキメデスは酒をあおった。

「いい飲みっぷりだな、あんた」

誰かが馴れ馴れしく話しかけてきた。

「悩みでもあるのか。ひとつ吐き出してみたらどうだ」

同じことを王にも言われたことがあった。『なんでも相談してくれ』だが、アルキメデスはただ顔を伏せ、何も言わなかった。

王にすら話さないことをどうしてこんな知らぬ相手に話せようか。

だが気がつけば、アルキメデスは口を開いていた。

「簡単だな」

ひととおりアルキメデスの話を聞いた男はうなずき、アルキメデスに酒を注いだ。

「体積を直に量ればいい。それを同じ重さの金の地金と比べる。混ぜものしても中に空洞があっても膨らむ。同じ体積だったら純金」

そんなこと言われても。アルキメデスはもがもが言った。それができないから困っている。形が違う。球どころじゃない。体積を計算できない。そもそも問題はそこじゃない。

石球が増えてたんですよ、石球が。

するとと男はにやにや笑いながら、アルキメデスの酒に手を突っ込んだ。拳が酒の中に沈み込むほどに酒があふれ、男は皿をつきだして受けた。

「なにをする」

食ってかかろうとしたアルキメデスに、男が拳をぐいと突きつけた。

「拳の体積を求められるか？」

わからなかった。男の拳は概ね直方体だが、いたるところでこぼこしていた。どこからどこまでが拳なのか。手首は含むのか。酒がもったいない。人の飲み物に拳を突っ込むのが文明人の所業なのか。

とりとめのない思いは言葉にならない。すると男は「これが答えさ」と酒を一息に飲み干した。

「な？」

全くわからなかった。何も解決していない。冠は壊してしまったし、取られたし、混ぜものの謎もわからないまま。セリヌンティウスは死んで、どうしても解けない難問はどこの馬の骨ともしれぬ男が「それの何が難しいのか？」などと言い出す。

アルキメデスは酒をあおった。とにかく、このわけ知り顔の男の言うことだけでも理解したかった。

「すみません、さっきの理屈、もう一度最初から――」

男はいなくなっていた。

いた。

男は暴れていた。酒席のいたるところに首を突っ込み、やれ地球を動かしてみせるだの、宇宙の砂全部数えるだのと大言壮語していた。

「地球だってひっくり返せる！　となればこんなテーブルなど」

よせばいいのに、やった。

テーブルがひっくり返り、料理が飛び散り、悲鳴があがって大混乱になった。

そんな中、男は無造作に花嫁に近づき、冠をむしり取った。

そして逃げた。

大騒ぎになった。中でも一番大きな声を上げていたのはアルキメデスだった。

アルキメデスは宴席を飛び出し、冠を盗んだ男を追いかけた。

重苦しい曇り空であった。

アルキメデスは男を追いかけた。男はやけに速かった。必死になって追いかけ、すると眼前に河があった。

河は増水していた。橋は流されていた。行き止まりである。

だが男はためらいもなく飛び込んだ。濁流をすいすい渡っていく。沈む。顔を出し、また沈む。渡りきれない。男は没し、消えた。

アルキメデスは座り込んだ。冠もまた、流れていってしまった。

あの男に、シュラコシア号でもあればよかったのに。

シュラコシア号とは、ヒエロン王の所有する大型艦である。アルキメデスはヒステリックに笑った。

問題の答えも、冠も、河の底に沈んでしまった。もうどうしようもない。王のもとに帰る必要すらない。ここで身を投げたとして、役立たずが一人片付くだけではないか。

しかし答えが知りたかった。冠もなくし、答えもわからず、吐く息はすごく酒臭い。いいところなしである。

はらはらと涙を流し、アルキメデスはせめて男の冥福でも祈ろうかと頭を上げた。

すると向こう岸では男が河から身体を引き上げているところだった。男はアルキメデスを振り返り、冠を振りかざした。素っ裸になって尻をポンポンたたき、舌までだして、走り出した。

冠。なんだ、渡れるんだ。生きていてよかった。捕まえてやる。

思いがアルキメデスの頭に殺到した。大声を上げて、アルキメデスは河へ飛び込んだ。

流れは速い。常人ならば為す術《すべ》もなく溺れ死んだであろう。だがアルキメデスには「泳げ。気が紛れる」と王に言われて、泳ぎに泳いでいた時期があったのである。

水は冷たかった。頭まで沈んで、泥水をたくさん飲んだ。

巻き付いてくる衣を脱ぎ捨て、アルキメデスは力いっぱい泳いだ。

だが力が及ばない。アルキメデスはついに濁流に飲まれた。


周りには濁った水が逆巻いていたが、アルキメデスには透明な水の中を漂っているような感覚があった。力を抜いて流されていると、なぜか救われたような気がした。心が軽い。それは自分が軽いからだとアルキメデスは気づいた。アルキメデスは取るに足らない存在だった。

「それは違う」と誰かが言った。「軽いのは、お前の身体であってお前そのものの価値ではない」

とっくに渡り終わったはずの男が、濁った水の中からアルキメデスを見つめていた。濁り水の中で目が見えるはずがない。にもかかわらず、男はくっきりとそこにいた。

「まだわからないのか?」

わからなかった。ただ、ここで死ぬことしかわからない。

「ここでは死なん。ただ答えがわからないだけだ。わからないから死ぬのか」

そうかもしれない。

「馬鹿げている。わからないから答えを探す。だから生きている。それにお前はもう、自分で答えを見つけている」

手を動かすと水の抵抗があった。水が身体を押し返している。虚ろに透き通った男が、手を伸ばしてきた。

「たとえ見た目が瓜二つでも、中身が詰まっているほうは沈む。虚ろなら浮く。さあ、ならば逆はどうだ？　これ以上のヒントがいるか？」

男はアルキメデスの腕をがっしとつかみ、力強く引いた。

アルキメデスは水面から顔を出した。必死になって息を吸い込み、手足を動かした。身体を動かしながら、引き上げてくれた男を探した。男が何を言っていたのか思い出そうとしていた。

『ならば逆はどうだ』

もう少しで意味をつかみ取れそうな気がしたとき、ちょうどアルキメデスの手が河岸にかかった。

なんとか河を渡ったアルキメデスは、男を追いかけ走った。服は脱ぎ流され、全裸だった。この時代、運動する男子は全裸になるのが普通である。かつて走っていたときのことを思い出し、アルキメデスは徐々にリラックスしていった。

そんなアルキメデスの前に棍棒を掲げた男が飛び出してきた。

「金を出せ！」

間に合わない。鍛え上げた肉体が砲弾のようにぶちあたり、盗賊を跳ね飛ばした。

さすがに気がとがめて、アルキメデスは盗賊を助け起こした。

「どこ見てるんだ！　酒臭い！　飲んだら走るな！」

「すみません」

「まあいい」盗賊は棍棒を拾った。

「金を出せ」

あまり腕の良い盗賊ではなさそうだった。棍棒を振りかざす手が震えている。声が上ずっている。なにより、裸で手ぶらの男から金品を奪おうとしている。

「あるではないか！」

盗賊がアルキメデスの手を指差した。アルキメデスは金冠を持っていた。何が何やらわからなかった。金冠は盗まれたはずだった。盗んだ男は先を走っていたはずだった。

アルキメデスは盗賊をぼんやりと見返した。それが盗賊の怒りに触れた。

「なんだその目は！　俺を哀れんでいるのか！」

とっさにかばった腕に、棍棒がまともにあたった。金冠が落ちた。気を取られ、二撃目を頭に受けた。激痛が走った。盗賊が金冠を取り上げ、あさましく笑っていた。アルキメデスは目を閉じた。もう見るべきものもないと思った。

あの奇っ怪な男がいた。

お前は誰だ。

「実験してみるか？」

男はにやりと笑い、指を鳴らした。男が砕け散り、再び組み上がった。セリヌンティウスが石球を二つに増やしたように、男が二人に増えていた。秤が現れた。二人の男が秤に乗ると釣り合った。

男の一方が空気を吸い込み、膨らんだ。釣り合いは崩れない。重さは変化していない。だが秤が持ち上がり、巨大なプールに浸かると、なぜか釣り合いが崩れた。

「どうして？」

「膨れた方はより多くの水を押しのけている」

「そんなことで？」

「そんなことだ」

アルキメデスは男を見返し、気づいた。男はニヤリと笑った。

「やっとわかったか」

男は両方とも、アルキメデスと同じ顔であった。

男は、アルキメデスは立ち上がった。二人はまるでひとりのように動いた。

「なんだ、まだ生きていたのか！」

盗賊は棍棒を振り下ろした。その棍棒をはっしと受け止め、テコの原理で倒した。そこからはもう止まらない。

アルキメデスパンチ！　アルキメデスキック！　アルキメデス固め！　フラフラになった盗賊を、アルキメデスが逆さに抱えあげ、もうひとりが反対側からから挟み込んだ。二人は高く高く飛び上がりながら回転し、盗賊の頭を地面へ叩きつけた。

賢者プラトンはレスリングに通じていたという。もしプラトンがこの場にいたならば称賛を惜しまなかったであろう。これこそアルキメディアン・ダブルスクリューパイルドライバー、二人のアルキメデスによるツープラトン《合体技》であった。

盗賊を放り出し、アルキメデスはゆっくりと立ち上がった。もうひとりのアルキメデスがにっと笑い、消えた。

自己像幻視、あるいはドッペルゲンガーは自己イメージの統合が上手くいかない場合に起きる。困難な仕事や殺人を悔いる罪の意識によるストレス、走りに走った疲労、過度の飲酒、濁流で溺れて脳が酸素不足に陥ること、盗賊の棍棒を頭に受けることなどが引き金となる場合がある。

いま、アルキメデスにはすべてが腑に落ちていた。

理解を書き留めようとした。だが書くものがない。そうする間にも忘れてしまいそうである。

アルキメデスは飛び出した。泥まみれになって走った。答えを忘れないうちに、土のもとへたどり着きたかった。

空はすっかり晴れ上がっていた。

アルキメデスはシラクサの市にたどり着いた。

裸で、泥にまみれ、道行く人に「大変だ」だの「大事なことなんだ」だのと訴えては「王のもとへ行かなくては」と走り出すものだから、人々がぞろぞろついてきた。

「王を探しているのか」「王は広場にいる」「なんなんだ?」「またアルキメデスが走っているぞ」

囃《はや》し立て、ぞろぞろついてくる民衆の先頭に立って、アルキメデスは走った。

するとちょうど見覚えのある顔を見出した。セリヌンティウスの弟子、殺しの目撃者であった。弟子もまたアルキメデスに気づくと駆け寄ってきた。

「ちょうどよかった、あなたのことを探していました」

「王のもとへ出頭する」

「王もあなたをお探しです」

「そうだろう。きみにもすまなかった。師匠を殺してしまって」

「え？　いや、生きていますよ。あの人は死にませんよ」

「そうなのか？」

「王と一緒です。早くしてください。大変なんです」

自分は殺人犯ではなかった。そうとわかればもう、ためらいはない。

せっかく知った真理が蒸発してしまわないうちにと、アルキメデスは先を急いだ。


王は広場にいた。セリヌンティウスもいた。

弟子の言ったとおり、大変なことになっていた。王たちとアルキメデスの間には金の冠がうず高く積み上がり、得体の知れない石の柱や歯車や発光するガラス板などが周りをおおっていた。足の踏み場もなかった。

これは一体どうしたことか。

「おお、アルキメデス、来たか」

アルキメデスは気を取り直し、王の前へ走り出て、知ったことを語った。このとき示された事実は、こんにちではアルキメデスの原理として知られている。

「――このようにすれば、あの金冠を破壊することなく、純金でできているか否かを判定することができるのです。もっとも、もはやどうでもよいかもしれませんが」

ヒエロン王がうなずいた。その足元では、今しもセリヌンティウスが冠を引き伸ばし、頭をぶつけていた。バラバラになった破片を組み立て直すと、冠は最終的に二つになっていた。

一つの球を有限個の部分に分割し、回転と平行移動のみを使って組み替えることで二つの球を作れる。現代ではバナッハ＝タルスキーのパラドックスとして知られている。

「どうでもよくはない」

倍々に増えていく冠を蹴とばし、王はアルキメデスに言った。

「アルキメデス、私を殴れ。今回のことは私のせいなのだ」

「どういうことですか」

するとセリヌンティウスが王を殴り倒した。王が倒れ込むと、ドミノ倒しのように周りの石が崩れた。すんでのところで石のなんかが王に倒れ込むところだった。王はすぐに起き上がった。

「気にしなくていい」とアルキメデスに言った。「あれは文脈がわからないようになってしまったのだ。言われたことをそのまま実行する。哀れなやつだ」

今回のことは私があれに頼んだのだ――。

「セリヌンティウスが石を増やしているのを見てしまった。金でも同じことができるのではないかと思って、冠を作らせてみた。結果はこのとおりだ。金が増えるわけがない。インチキだ。だが万が一インチキでなかったらどうなる？　恐ろしくなり、お前に解き明かしてもらおうと思った。お前ほどの知恵者ならできると思ったのだ」

アルキメデスのまぶたが熱くなった。ここまで自分を信じてくれていたとは。

アルキメデスは進み出て、王に詫びようとした。

このとき、誰にも顧みられないまま冠をバナッハ＝タルスキーしていたセリヌンティウスがやおら立ち上がっていた。

まとっていた作業衣の胸元から、丸石がごろごろこぼれた。そのうちの一つが、アルキメデスの足元に転がりでた。

すべてはバランスの問題である。アルキメデスは転んだ。気がついたときには、宝冠が眼前に迫っていた。

宝冠から無数に生えでた金のワイヤーの一本が、倒れ込むアルキメデスの目に入り込んだ。

ワイヤーは眼窩《がんか》の縁にそって進み、眼底を貫き、脳に貫入した。

「あっがががが」

アルキメデスは取り乱して頭を振った。ワイヤーも脳の中でぐにぐにと動いた。アルキメデスは四肢をばたつかせ、よろめき、倒れた。

アルキメデスはピクリとも動かなくなっていた。

群衆は息を呑み、遠巻きにしてこれを見守った。

少女が一人進みでて、たまたま持っていた布でアルキメデスを覆った。全裸の亡骸をさらしておくには忍びなかったのである。

するとそこにセリヌンティウスがあゆみより、アルキメデスを見下ろした。何かしら確信に満ちた目つきで空を見上げ、両腕を突き上げた。

とたんに稲光がほとばしった。

青天の霹靂《へきれき》である。雷はアルキメデスの目に突き刺さったワイヤーに落ちた。金は優れた導電体であり、避雷針として作用した。偶然も大いに手伝った。とにかく、アルキメデスに落雷した。

掛けられていた布が燃え上がった。人々がどよめいた。

燃える布をはねのけて、アルキメデスがぐにゃり起き上がった。

その首がぐるりと動いた。

脳に刺した導電体に大電流が流れた人間は精神に影響が残る。アルキメデスも例外ではなかった。

晴れていた。世界が澄み渡り、光が降り注ぎ、いまやすべてが明瞭であった。

「エウレカ」とアルキメデスは言った。

「エウレカ」とセリヌンティウスがうなずいた。

その頬にアルキメデスの拳がめり込み、セリヌンティウスはどうと倒れ、その頭からノミが抜けた。

「エウレカ」とアルキメデスは言った。

その目が光線を発していた。才気が風となってほとばしり、居並ぶ市民たちを打った。この男にならば——誰もが確信した——海の水を残さず汲み上げ、地球を動かし、宇宙の砂を数え上げ、恐るべき兵器を建造してシラクサの敵をことごとく討ち滅ぼす、そのすべてがたやすいことだろう。

「エウレカ」とアルキメデスは言った。胸を張り、世界を抱きしめんばかりに両腕を広げ、その足がすいと浮かび上がって、天へと昇る第一歩を踏み出そうとした。

「——メデス、アルキメデス」

アルキメデスは物憂げに振り向いた。ヒエロン王がさっと駆け寄り、アルキメデスから金のワイヤーを引き抜いた。

光輝が失せた。アルキメデスが落下し、倒れ伏して目をしばたいた。ヒエロン王が抱き起こした。アルキメデスは弱々しく王を見返した。

「あの、一体何が」

群衆がどよめき、その真ん中で、アルキメデスひとりがぽかんと口を開けていた。

この後、アルキメデスはアルキメディアン・スクリューの発明や立体の求積、半正多面体の分類、そしてもちろん浮力の原理など様々な発見をし、『方法』『浮体について』『平面の釣合について』などの著作をまとめた。シラクサがローマに攻め込まれた際には多くの兵器を作ってローマ軍を苦しめた。都市を守る投石機は極めて正確な狙いを誇っていたというが、それはアルキメデスが着弾地点を正確に計算できたためだろう。

太宰治は『ピタゴラス伝』のデイモンとピシアスの美談をもとにして『走れメロス』を書いたという。そこにアルキメデスは登場しない。

闇

初出：『人は死んだら電柱になる：電柱アンソロジー』
電柱アンソロジー制作委員会（２０１４）

まず半径を知る必要があった。

はじめのうち、僕は石をロープの端に結んで投げさえすれば簡単に測れると軽く考えていた。ところが、これが案外難しかった。どうしても石を灯りの縁ギリギリに投げることができないのだ。石は照らされているエリアのかなり内側に着地するか、単にその外に出てしまうかだった。

何度か石が飛び出してしまったあとで、僕はようやく、手の中に残ったロープの長さこそが求めていた灯りの半径そのものであることに気づいた。闇は光の中に入ってこれない。光の中にあるロープを切断することもできない。だから、もし重石をつけて投げ込んだロープが切断されれば、その切断点は闇と灯りの境界に違いない。

どうしてこんな簡単なことにさえ気づけなかったんだろう。僕は自分を責めた。僕は目を上げて、闇の中に浮かび上がっている「彼」を見た。「彼」は何も言わない。表情すらない。当たり前だ。「彼」は死んでいる。死んで、電柱になっている。

だがそれでも、確かに「彼」は僕のことを見ている。「彼」はそこにいる。確かに、そこにいる。

――どうしてこんな簡単なこともわからないんだ！

確かにそんな声が聞こえた気がして、僕は思わず耳をふさいだ。

「彼」が僕らのもとにやってこれたのは、僕の両親が相次いで死んだからだ。

食料調達の帰り道だったという。母は通いなれたはずの道で足を滑らせて転び、その時に指先が闇に触れてしまったのだそうだ。ほんの一瞬で母は引きずり込まれた。が、父がとっさに腕を伸ばして支えようとするだけの余裕はあったらしい。父は母と運命を共にした。

村長たちは父と母の死を悼んでくれた。だがそれも、両親の死んだあたりに新しい電柱が二本見つかるまでのことだった。新しい電柱は村の境界を広げただけではなく、橋の役目まで果たしていた。これまで闇の向こうにあったほかの村までたどり着くことができた。村長たちは喜び勇んで新しい場所に乗り込み、いろいろなものを持ち帰った。当分食料の心配はしなくてよいことがわかり、村の大人たちは僕の両親に感謝していると口々に述べた。僕は何も言えなかった。

そのあとも、村人たちは新しく行けるようになった場所を調べ続けた。人間は一人も見つからなかった。村長はそのことを露骨に喜んでいた。

だが大人たちは知らなかった。本当は人間がいたのだ。「彼」が。


灯りの照らす半径はわかった。次は距離の問題だ。

直接測ればいいという馬鹿げた考えが浮かんできた。それができるくらいなら、そもそもこんなことをする必要もない。本末転倒な発想が異常なほどおかしく感じられて、僕は息ができなくなるほど笑った。

疲れているのだ。僕はあれから一睡もしていない。

僕は基準になる電柱に背中をくっつけると、「彼」を見た。腕を伸ばし、手のひらを立てる。「彼」の根元と、手首の位置をしっかりと合わせる。思ったよりも難しかった。手がつりそうになりながら、僕は「彼」の先端部分が、中指の第二関節に重なって見えることを確かめた。

これだけ離れているから、「彼」はこんなに小さく見える。

それは僕と「彼」の間にこれだけの距離があるからだ。

僕は手のひらをおろし、さっきロープにうつし取った灯りの半径を四倍にした。何のことはない、単にロープを曲げて重ねてまた伸ばしただけのことだ。そして重石を、今まで寄りかかっていた電柱の根元に置く。重石を動かさないようにゆっくりとロープを繰り出しながら、僕は電柱から遠ざかる。ロープに作っておいた目じるしの結び目に手が触れた。僕と電柱の距離が、電柱に取り付けられた電灯の照らす半径の四倍に達したのだ。

僕は電柱に向きなおり、腕を伸ばして手のひらを立て、電柱の根元に手首を合わせた。手のひらを透かして、見える電柱の先端は、中指の第二関節より少しだけ下にあった。

遠くにあるものは小さく、近くにあるものは大きく見える。もし同じ高さの柱が二本あったとして、それぞれを遠くから眺めたとき、もし一方が他方より大きく見えたならば、その柱はより近くにあることになる。

基準に選んだ電柱は、「彼」よりも小さく見えていた。

僕と電柱の距離は、電柱と「彼」の距離よりも長い。照らす半径の四倍に満たない。

一人殺せば足りる。

グズは縛られたままでうんこを漏らしていた。

僕が近づくと、泣きはらした目をいっぱいに見開く。手を伸ばすともがいた。両手も両足も縄で結んであるから、それ以上は動かせない。

と、ここで問題に気がついた。どうやってグズを運べばいいだろう。

捕まえたときと同じように頭を殴る手は使えそうもなかった。グズの頭から流れ出した血があたり一面を汚している。グズは朦朧とした様子で顔色は白い。かといって、抱え上げようとすると抵抗する。無理やり引きずっていこうにも、僕は疲れ切っていた。

しかたない。自分で歩かせるしかない。

僕はグズの足の縄をほどき、立たせた。グズの漏らしたうんこや小便のにおいが立ち上り、僕は思わず顔をしかめた。どこまでも面倒をかけてくれる奴だが、それも今日で終わりかと思うと少し胸がすっとした。

小突いて先を歩かせる間、グズは逃げ出そうとはしなかった。村の境界、「彼」の目の前にまでやってくると、グズはグズなりに自分の運命を察したようだった。グズは僕と、「彼」とを交互に何度も見比べて、さるぐつわをはめられた口をもごもごと動かしていやいやをした。その目からは涙があふれていた。

僕はグズに、自分で闇の中に入っていくように命じた。

グズは逆らおうとはしなかった。「彼」に向きなおり、だが一歩も踏み出せずに泣き出した。僕は声を荒げようとしたが、その時グズは突然身をよじって、飛び出して一気に境界線を越えた。

「彼」の時とは違って、何の音もしなかった。

いつもあれぐらい聞き分けが良ければよかったのに。

「彼」が来るための道を作ったのは両親だった。けれど、「彼」を連れてきたのはグズだった。

グズは僕より年下で、村に二人しかいない子供の一人で、村人たち全員から可愛がられていた。きちんとした名前もあったはずだけど、僕はグズとしか呼ばなかった。それがふさわしいと思っていた。大人たちが食料調達や探検に行っている間、僕はグズのお守りをさせられていた。グズは頭が悪かった。わがままで聞き分けが悪く、出来もしないくせに僕のまねばかりしようとする。そうして、うまくいかないとぐずぐず泣くのだった。そのくせ大人たちがかえってくると、涙は実にあっさり引っ込む。その変わり身の早さが無性にいとわしく、僕はグズの世話に飽き飽きしていた。

そんな時だった。グズが姿を消したのは。

ちょっと目を離したすきの出来事だった。グズは僕らが休んでいた広場のどこにもいなかった。しばらくあたりを走り回った末、皓々《こうこう》とあたりを照らしている電灯を見上げて、僕は最悪の事態が起きつつあることに気がついた。グズはどこかの、灯りのついていない建物に入り込んでしまったのかもしれない。あるいは、村の境界に。闇に少しでも触れてしまえばどうなるかは子供でも知っている。グズのお守りをしている間、時間つぶしのためにグズを連れて村の端まで行ったことがある。僕の緊張をよそにグズは疲れたと言って泣き出していたが、闇の中に投げ込んだ石が消えるのを見ると体をすくませて泣き止んだ。

それ以来、グズが探検をせがんだことはない。だがグズはグズだ。何をしでかすかわからない。僕は村の境界付近を重点的に調べた。見慣れないモノが灯りの中に増えてはいないか、新しい電柱が立ってはいないかと目を皿のようにして探した。もし死んでいたらと考えると、無性に恐ろしかった。腹立たしくもあった。とんだ迷惑をかけてくれたものだと。

結局、グズは僕の両親の電柱のところにいた。最後まで足を向けられなかった場所だった。

目を丸くしているグズのそばには、「彼」がかがみこんでいた。

「彼」は僕より年上のように見えた。村人じゃない人間に会ったことは一度もなかったので、僕は立ちすくんだ。「彼」は大きなバックパックを背負い、見たこともない道具をたくさんぶら下げていた。グズも身じろぎひとつせず、「彼」を凝視していた。と、「彼」が僕に気づいた。

「やあ、こんにちは」

笑顔だった。「彼」はグズの手を引いて、僕のところにやってきた。グズは僕に抱き付き、僕はグズを後ろにかばった。「彼」はにこにこ笑いながら、「君たちはここの子かい?」と言った。じゃらじゃらと下げているものの一つをはずし、僕に差し出す。小さな万華鏡だった。電灯に向けてのぞいてみるように言われてそのとおりにすると、見たこともないほど美しい輝きが視界に満ちた。

「あげるよ。お近づきのしるしだ」

グズが自分も見たいと僕にせがみ、しぶしぶ渡すとグズは歓声を上げた。

僕は「彼」を見上げた。「彼」の人懐っこそうな顔と、その後ろに輝く電灯が重なって見えた。その時ふと、「彼」は闇の向こうから来たのだという突拍子もない考えが浮かんだ。それはある意味では正しかった。「彼」は村人ではない。だから、村の外から来たのだ。僕の両親が切り開いた道を通って。僕は両親の電柱を見やった。暗闇の中、取り付けられた電灯の灯りに照らされて、二本の柱が浮かび上がっていた。つながる電線は一方は村へ、そしてもう一方は僕の行ったことのない場所へと延びていた。

「彼」はあちらからやってきたのだ。

そのことが、何かひどく恐ろしいことのように思われた。

だが恐怖が形をとるより先に、「彼」が口を開いていた。

「君たち、名前は?」

今思い出した。結局、「彼」は最後まで名乗らなかった。

二等辺三角形を描き、頂点から垂線を下す。垂線は電柱、三角形は電柱に取り付けられた電灯が照らし出す範囲、人間が生きていける安全圏だ。

少し離して、同じ図形をもう一つ描く。横から見た光の三角錐が二つ、その間にはもちろん闇が広がっている。

さて問題です。電柱からもう一方の電柱へ安全に渡れるようにするには、いったいどうしたらいいでしょう？

もしグズが生きていたら、意表を突こうとしてこう答えただろう。

「大きなトンネルを作って、その中に灯りをつける！」

なるほど。そうすれば、闇の入ってこれない安全な通り道が作れるというわけだ。

グズはグズだ。なんにもわかっちゃいない。

確かに、建物の中にある陰や暗闇の中には何もいない。だからこそ僕らは屋根と壁に囲まれて眠ることができるのだ。

光は問題じゃない。電柱の灯りこそが重要なのだ。

村で使われている建物はすべて、近くに立てられている電柱の灯りにすっぽりと収まっている。電線から電力の供給を受けて部屋の中の電灯を明るくしているが、それはあくまで便利さのためだ。もし、建物と室内灯がなければ、屋外の電灯に照らされていなかったであろう場所にかすりでもすれば、どれだけ明るかろうと闇に突っ込んだのと同じ結果を招く。建物の中に突き立っている電柱が村には何本もある。まだ闇の恐ろしさがよくわかっていなかった頃の名残だそうだ。だから、あまり建物の中に入ってはいけないのだ。どこが安全なのか見極めるのが難しいから。

闇を追い払えるのはただ一つ。電柱の聖なる光だけ。

だからもし、闇の中を渡ろうと思ったら手段はただ一つ。電柱を立てることだ。ほんの少しずつ接した聖なる光の三角錐を立ててつなぐことによってしか道は作れないのだ。

そして、電柱を立てる方法はたった一つしかない。

発電所を探して旅をしているのだ——そう「彼」は言った。

「はつでんしょってなあに？」

「電気を作る場所のことさ。何よりこの電柱ネットワークが始まっている場所のことでもあるよ。この世界がこんなふうになってしまった後に、人々を守ってくれるものの大本だ。九州にはいくつも発電所があったはずなんだけど、今生きてるのは玄海原子力発電所だけみたいだね。ほかのめぼしいところはみんな機能を停止してた。で、私は今玄海を目指してるってわけさ。チョコレート食べる？」

「彼」の口からは、聞いたこともない言葉が次々と飛び出してきた。僕たちはすっかり魅入られて、「彼」の前から動けなかった。すると、「彼」は僕らを見下ろしてこう言った。

「ねえ君たち、私の言う意味はわかるかい？」

わからなかった。けれど認めるのもしゃくなので黙っていた。今にして思えば、「彼」にはとっくに見透かされていたのに違いない。それに、どのみちグズが黙ってはいなかった。グズは頬を膨らませて「ちゃんとわかるもん！」と声を張り上げた。

「よしよし、いい子だね。変なこと言って悪かったよ。ところでちょっと聞きたいんだけど、君たちの住んでいる場所、出口はここだけかい？　それとも、反対側に抜けられたりしないかな？」

反対側というのが何のことかはわからなかったものの、僕は今いるこの場所がついこの間通れるようになったばかりであること、それは父と母が死んだためであることをつっかえつっかえ説明した。

「彼」は僕の説明を聞きながら妙な顔をしていた。下手な説明を馬鹿にされたと思って初めからやり直すと、「彼」は「ああ、いいよわかったから」と僕を制し、やおら父と母の電柱に向きなおると、深々と頭を下げた。

「ご愁傷さまでした。おふたりのご冥福をお祈りします」

「彼」は電柱に手を合わせた。その時、僕は警戒を解いた。

村の大人たちがときおり同じようなやり方で電柱に手を合わせるのは見たことがあったが、「彼」は会ったこともない両親の死を真剣に悲しんでくれているように見えた。村の大人たちとは違って。

「ねえ君たち、それじゃあ頼みがあるんだけどさ、ちょっと村を案内してくれないかな？」

だから、「彼」がそう言い出した時にも、僕は素直に受け入れた。

僕が引っぱるまで、グズは訳もわからず「彼」を真似て、手を合わせ続けていた。

村をひと回りする間中、「彼」は少しも黙っていなかった。こんなにしゃべりとおす大人を僕は見たことがなかった。村の大人たちはいつも口数が少なく、ピリピリしている。恨めし気に頭上の闇を見上げながら、その闇に負けず劣らず暗い顔で生きているのだ。それに比べて、「彼」の目は輝いていた。いったいどうすれば、こんな目ができるのだろう。「彼」の目には、いったい何が見えているのだろう。そんなことが気になって仕方がなかった。

やがて僕らは境界線沿いに村を一周して、再び父と母の電柱の元へ戻ってきた。「彼」は少し肩を落としていた。

「どうも反対側には抜けられなさそうだね。ちょっとは期待してたんだけど仕方ないな、それじゃ君たちとはここでお別れだ」

「彼」は僕らに一つずつチョコレートの包みを渡そうとしたが、僕もグズも受け取らなかった。「もっとお話、聞きたい」とグズがぐずった。僕も同じ気持ちだった。昨日も今日も区別がつかないような生活の中で、「彼」は突然現れた希望だった。どうしても、もう少しだけ味わわねば気がすまなかった。

「彼」はしばらく困ったように言葉を探していた。それが僕らにとっても、「彼」にとっても幸いした。遠くから大人たちの歌声が聞こえてきたのだ。災いを遠ざける呪《まじない》歌《うた》は、見知らぬ場所を移動するときには欠かすことのできないものだ。だが「彼」は歌を耳にすると身をすくませた。あちらこちらに目をやり、かと思うとしばらく考えた末に、僕らのもとにかがみこむ。ひどく焦っているのがわかった。

「ねえ君たち、私を見たことは、大人たちには秘密にしておいてくれるかな」

「彼」は逃げているのだ——そう僕は直感した。村長が「新しい場所には人間がいない」と言っていたことが思い出された。「彼」はそこから来たのだし、だとすると「彼」は村人たちから隠れていたことになる。

なぜ隠れるのかはわからなかった。けれど、「彼」はうろたえ、震え始めてさえいた。隠れなければならないことは明らかだった。このことは使える。そう思った。

僕は「彼」とグズの手を引いてものも言わずに駆け出した。そうして、「彼」を村の中にある建物のひとつにかくまった。「彼」を案内しながら、僕は取引だと言った。しばらくかくまう代わりに、「彼」は僕らにいろんな話をするのだ。

「彼」は実にあっさりとこの取引に乗った。

そうして、僕は「彼」を引き入れてしまった。


グズの分の電柱が立つまで、しばらく時間がかかることはわかっていた。時間をつぶすため、「学校」をやっていた場所へと足を向けた。

何もかもがそのままだった。僕とグズが座っていた机も、その周りに散らばっている字の練習をした跡も。「彼」が腰かけていたビールケースの上には、「彼」の背負っていたバックパックが置かれている。ホワイトボードにはいくつもの図形が描かれていた。下手糞な「樹」というものの絵に、輪をかけて下手糞な人間の絵。簡単な棒を描けばすむ話なのに、わざわざ細かいところまで描き込むと聞かなかったのはグズだ。三人も重ねて描いたものだからぐちゃぐちゃになり、せっかく描いたニコニコ顔も真っ黒になってしまった。

算数の授業だったのだ。遠くにあるものまでの距離を測る問題だった。やる気のなかった僕たちを、彼はいつかきっと使うことになると言って励ましてくれた。

まさしく、そのとおりになった。僕は笑おうとしたが、できなかった。

学校みたいにしよう――そう言い出したのは「彼」だった。
「彼」をかくまって二日目のことだった。僕らは使われていない建物のひとつに首尾よく落ち着き、食料を盗んで「彼」のことを隠しおおせていた。食料庫から缶詰や乾パンを盗み出すのは簡単なことだった。新しい場所に行けるようになってからというものの、それまでとても厳重だった食料庫の見張りはいい加減なものになっていた。きっと新しい場所でたくさんの食料が見つかったからだろう。

そんなふうに食料を持って行った僕を、「彼」は学校みたいにしようという言葉で出迎えたのだった。グズが意味もわかっていない様子で、がっこーがっこーと繰り返していた。

「私の話を聞きたいんだろう？　この世界で私が見聞きしてきたことを、喜んで教えてあげるよ。何しろ私も、自分の知識を誰かに受け継いでほしいと思っていたのさ。君たちならちょうどいいよ。君らが生徒で、私が先生、だからここは学校だ」

僕たちは「彼」の指示で、部屋の中に転がっていた机や椅子をきれいにした。彼は倒れていたホワイトボードの汚れを払うと、バックパックの中からペンを取り出して書いた。

『この世界について』

「一番初めだからね。一番身近で、しかも大事なことから教えよう。――と、その前に君たち、字は読めるかな？」

「読めない！」

グズはそうだろう。だけど僕は読めた。いずれ必要になるからと言って、両親が教えてくれていたのだ。教材は食べ物の包装紙だった。大人になって食料調達に出かけるとき、きちんと食べられるものを探し出すための知識だった。

「偉いね。じゃあわかるかな。今日はこの世界の成り立ちについて話すよ」

「成り立ちって何?」

「この世界がどうしてこうなったかってことさ」


僕らは「彼」の授業を通じて、いろんなことを知った。その中でも、この最初の授業は一番の衝撃だった。

昔、と言ってもたった十五年ほど前まで、世界には太陽というものがあった。世の中はどこまでも明るく、時々暗闇が訪れても、それは今のものとまったく違っていた。闇の中には何も潜んでなどいなかった。それでも人々は闇を恐れ、電気の灯りをいくつもつけて、自分たちの住む場所から暗闇を追い払おうとした。

そんなある日、闇が反撃し始めた。

「彼らがなんなのかはわからなかった。当時の人々は闇を見通す暗視カメラや動体センサーをまだ持っていたけれども、何もとらえることはできなかった。太陽も消え失せた。最後にわかったことは、どこからともなく湧き出した何かが地球をすっぽり覆ってしまったのだということだった」

「地球ってなに?」

「この世界のことさ」

文明も崩壊した。真っ暗闇の中で、何が起きたのかもわからないまま大勢の人が死んだからだ。けれど、人類が皆殺しにされることはなかった。死者が闇を払い、生者を守ったからだ。

人は死ねば、電柱になる。

電柱は電線を渡し、電気の供給を受ける。そうして、自らに取り付けられた電灯を発光させる。その光に含まれる何かが、闇の中に潜む何者かを、そして闇そのものさえも追い払う。

人々は生きていけるようになった。電柱となった死者たちに守られ、互いに身を寄せ合いながら、崩れきった世界にしがみついて生きている。

どうして生きていられるのか、そんな疑問さえ忘れ果てたまま、ただ生きている。


グズを殺したあと、僕はその場で見張っていた。少しうとうとしていたようで、気がつくと村長が後ろに立っていた。

村長は「彼」が変じた電柱をじっと見ていた。以前にあんなものはなかったと考えていることは明白だった。足元が崩れていく感じがした。

「お前がやったのか？」

答えても、答えなくても一緒だったろう。だから僕は黙っていた。

「よくやった」

村長のそんな言葉を聞いても、しばらくは何を言っているのかわからなかった。

「お前たちがあの男をかくまっていることは知っていた。引きずり出してもよかったのだが、油断させておくほうが後々やりやすかろうと思ってな。お前がやってくれたというなら手間が省けたわ。ところで弟のお守りはどうした？　殺すところをあの子に見られでもしたか？」

何が何だかわからず、僕はすっかり混乱してしまっていた。村長が言っているのは、グズではなく「彼」を殺したことなのか？

村長は「彼」を、闇の中に一本だけぽつんとたたずむ電柱を顎でしゃくった。

「それにしても、あんな立ち方は初めて見る。普通は闇の中に押し出せば、直後に死んでそのまま電柱になるものだ。だから境界線のすぐそばに電柱が立つわけだし、おかげで生者も助かるというものだ。ちょうどお前の両親が、我々の役に立ってくれたようにな。だがあれはいかん。もう一人死にでもせぬことには、あそこまで行くことはできん。何の役にも立たん。お前がどうやったのかは知らんが、今度からはきちんとしたやり方をすることだ。この世は暗く、我々は貧しい。限りある資源はどんなものでも有効活用せねばならん。命であればなおさらだ。わかったか？」

僕はただうなずいた。こんなにも饒舌な村長を、僕はいままで見たことがなかった。それに、こんなに親しげな様子も。村長は僕の肩に手を回すと、よくやったとでも言うようにぱんぱんと叩いた。

「それにしても、お前は両親と違ってなかなか見所があるようだな。お前たちを育てると言ったときにはどうかと思ったものだが、あるいはあいつらの選択も正しかったのかもしれん。もうお前も大人の仲間入りをしてもいいころだろう。次の探検にはお前も同行させよう。なに、弟のことなら心配するな。ほかの奴に任せておけばいい」

そうして、村長は去って行った。

「彼」を殺したことはとがめられなかった。どのみち、「彼」は殺されるはずだったのだ。なぜだろう？

心当たりならあった。「彼」は気づいていたのだ。

僕らは「彼」からいろんなことを教わった。「彼」のバックパックからはたくさんの本や写真、それにコンピュータが出てきた。僕らは図鑑の色鮮やかな写真に目を瞠《みは》り、「彼」の朗読する物語に耳を傾けた。時には算数や理科の問題をパズルとして解いてみることもあったし、この世界の地図の上で「彼」の旅路をたどってみることもあった。

それにもちろん、僕らの関心はことあるごとに、世界を覆う闇と電柱のことに戻っていった。「彼」が今まで旅してきた村の様子、死者のこと、発電所のこと。僕たちはいつも、自分の考えをあーでもないこーでもないと言い交わした。大抵は、グズが突拍子もないことを言って、僕がそれを正し、「彼」がそれに補足をするという流れだった。

だけど、あの日だけは違った。

「ねえねえ、なんで人は死んだら電柱になるの？」

グズのそんな馬鹿げた問いかけを僕は笑い飛ばしたが、「彼」はそうする代わりに身を乗り出した。

「どうしてそう思うんだい？」

「だって、こんなふうになる前は、人が死んでも電柱にならなかったんでしょう？」

そのとおりだと「彼」は言った。

「じゃあ、急にこんなふうになるなんておかしいよ。電柱って、昔はデンリョクガイシャって人たちが立ててたんでしょ？　その人たちはどこへ行ったの？　あ、そうか、デンリョクガイシャの人たちは電柱を立てるのが仕事なんだよね？　じゃあその人は村の外にいるのかな」

いつもどおりのグズらしい考えだった。人間が闇の中で生きていられるわけがない。それを言うなら、闇の中では何も生きてなどいられない。

僕は死んだ両親のことを思い出した。両親は闇に触れて死に、電柱になった。おかげで村の境界線は伸び、ほかの村とつながった。新しい場所は僕たちに食料をもたらしてくれたばかりでなく、「彼」まで連れてきてくれた。これはすべて両親が死んだからこそだ。どうしてもこうしてもない。世界がこうなっているのだ。人は死ねば電柱になる。電柱になって、生者を守ってくれる。

こんな簡単なことがなんでわからないんだ。

僕は口から泡を飛ばしてグズを罵り、グズは泣き出した。

いつもなら、「彼」はグズのことをかばい、僕をたしなめるはずだった。だが「彼」は何も言わず、やっとのことで口を開くと、それは本当かいとささやくように言った。

「本当に、電柱は死者のものなのかな。本当に、電柱は生者を守ってくれているのかな」

「彼」が急に何を言い出したのか、僕にはまったくわからなかった。

「彼」はバックパックの中から一冊の本を取り出して僕に見せた。

電柱の写真だった。すぐにはわからなかった。背景の空は見たこともない色をしていた。闇はどこにもなかった。見慣れないごてごてしたものが電柱の頭にたくさんついていた。変圧器だと「彼」が言った。普段は闇の中にあるから見えにくいのだと。そしてその変圧器がある代わりに、この電柱には何かが欠けていた。

電灯だ。この電柱には電灯がない。電線から電力を受け取り、闇を追い払って人間を生かしてくれるはずの光が、この写真にはどこにも写っていない。

「これは昔の電柱だ」

「彼」が僕から本を取り返した。

「送電や通信のために使われていた。ただのコンクリートや木の柱だ。地域にもよるけど、電灯がついていないもののほうが多いくらいだったんだ。単に街灯を立てるのが手間だというときに、近くにある電柱を利用することがあったに過ぎないんだ。すべての電柱に灯りがついていたわけじゃない。闇は生命は害しても構造物は傷つけないから、この世界にはまだ旧世界の電柱だってたくさん残されているはずなんだ。なのに灯り抜きの電柱なんか見つからない。それに、人口密度の問題もある。闇が訪れた直後の大混乱で多くの人が死んだ。もしその人たちが全員死んだ後に電柱になるのなら、電柱はもっと密集して立っていていいはずじゃないか？　私はこれまで鉄道沿いに移動してきて、電車の残骸もいくつも見た。電柱は線路沿いに規則正しく並んでいたんだ。おかしいじゃないか！　それに私は知っているんだ！　父さんが身をもって証明して——」

「彼」ははっとした様子になってあたりを見回した。僕もグズも言葉をなくしていた。今までの「彼」はいつもにこにこしていた。ところが今の「彼」は、目を血走らせて震えていた。まるで、何か恐ろしいものでも見たかのようだった。

僕たちは「彼」が呼吸を整えるのを待った。何を言うべきかわからず、それは「彼」も同じようだった。ようやく、「彼」はその言葉を口にした。

「人は死んでも、電柱になるとは限らないんだよ」


何も起こらない。

グズは死んだ。闇の中に入っていった。それなのに、「彼」の変化した電柱と、村の境界の間に現れるはずの電柱が、いつまでたっても現れない。

グズを殺した。僕が闇の中に押し出した。電柱に変えてやるつもりだった。そうすれば、「彼」のもとへとたどり着ける。「彼」の電柱を足蹴にし、唾を吐きかけながら、「彼」が間違っていたことを示してやれる。お前だって、このとおり電柱になったじゃないか。そう言ってやれる。

人は死ねば電柱になる。父さんや母さんだって電柱になった。

ただ死んで、闇の中に消えただけだなんて、そんなことあるわけがない。


話があると「彼」に呼び出された。僕と「彼」は大人たちが探検に出るのを見計らって、両親の電柱のもとへと赴いた。大人たちに見つかるのではないかと気が気でなかったのだが、「彼」がどうしてもと言い張ったのだ。

「――私が旅を始めたとき、父が一緒だったんだ」

そうして、「彼」が話し始めた。

「父は頭のいい人だった。世界がこんなふうになってしまった原因を探り、いつか必ず元の明るい世界を取り戻してみせると決意していた。だがある時大けがをしたんだ。小さな共同体と揉めたのさ。彼らは恐怖のあまり見境いをなくし、よそ者たちを闇に潜んでいる怪物だと決めつけて襲撃していた。それだけじゃない。彼らは子供を、まだほんの小さな赤ん坊を産んでは殺していたんだ」

生贄《いけにえ》さ——そう言って、彼は身を震わせた。その視線が両親の電柱に留まり、すぐにそらされた。

「彼らはもともと、闇の中で孤立してしまったグループだった。電灯の光の輪が閉じていて、どこにも出られない島のようになっていたのさ。行ける範囲も限られるから、食料や水の調達だってままならない。何とかして、灯りの範囲を広げる必要があったんだ。そんな時さ。彼らがこの世界の新しいルールに気がついたのは」

人は死ねば電柱になる。電柱は光をもたらし、闇を退ける。

「ところで、君は病人や老人を見たことはあるかな？　今にも死にそうな人は、この村ではどういうふうに扱われるか知っているかい？」

知らなかった。人の死というものに接したのは両親が初めてだったし、それにしても直接見たわけではなかった。死は禁句だった。触れてはならない事柄だった。

「これは私の想像だけど、きっと村の外に追放してしまうはずだよ。そうして、電柱になってもらうんだ。生きてててもしょうがないから、せめて残る人たちの役に立ってもらうってわけさ」

あの共同体がそうだったみたいに。そう「彼」が吐き捨てた。

「話をもどそう。彼らはまず、病人や老人といった足手まといから始めた。どんどん闇の中へ投げ込むと、電柱がたくさん増えて生活できる範囲も広がるし、口減らしにもなる。だがそれでも孤立は免れなかった。すると今度は子供を切り捨てはじめた。資源の少ない状況だから、自力で生き残れない子供は無駄でしかないというわけさ。何人かをささげて、ついに赤ん坊に手を付けたその時、ようやくほかの領域と灯りがつながったそうだ。彼らは以後、周辺を漁りつくすと、子供を若い女に産ませては闇に投げ込むようになった。彼らはもっともらしい屁理屈までこしらえていたよ。子供は人だが、同時に成年に達するまでは親の所有物でもある、親は自分の目的のため、子供を自由に処分する権利を持っているってね。

父は彼らを止めようとしたけど迷信に凝り固まった彼らは耳を貸さなかったどころか、父を襲って電柱に変えてしまおうとした。それまでに出会ったほかの集団に対してそうしていたようにね。

彼らは人殺しだった。父は大けがを負わされて死にそうになった。そんな時だ。父が彼らに呼びかけたのは」

闇は暗い。その中を見通すことはできない。中に何がいるのか、何が起こっているのかまったくわからず、だからこそ闇は恐ろしい。

そういう意味では、「彼」は闇そのものになっていた。

「父が彼らになんて言ったか、わかるかい？」

僕は首を振った。

「父はこう言ったんだ。『人は死んでも電柱になったりしない。二つの現象はまったく無関係だ。私はもうすぐ死ぬ、この光の中で、皆が見ている前で死ぬ。私の死体に何が起きるか、その目でとくと見ればいい！』

言い終えるとすぐ父は死んだ。私はそばにいたから知っている。父は確かに死んだんだ。しばらくの間、何も起こらなかった。彼らはかたずをのんで、私の父が電柱になる瞬間を待っていた。でも何も起きなかった。何も起こらなかったんだ。どれだけ時間がたっても、父は電柱になんかならなかったんだよ！」

「彼」は周囲の闇に近づき、やみくもに手を振り回した。指先が境界線をかすめそうになっても、「彼」は止めようとはしなかった。「彼」は怒り狂っていた。

「真実が明らかになったんだ！　人が死んでも電柱にならない！　単に、闇の中で人が死ぬのと、電柱の出現とが続けて起きるというだけだ！　因果関係なんかないんだ！　闇の中で何が起きてるかなんて誰にも見えないから、皆が誤解しただけなんだ！　だが彼らは認めようとはしなかった。彼らは父がまだ死んでいないと主張した。『死んだなら、電柱に変わっているはずだ』って。そしてこうも言った。『光の中で人が死にそうになるのはこれまでに何度も見たことがある。だが死ななかった。心臓を取りだし、肉をくらい、脳髄をすすっても死ぬことはなかった。なぜなら、死とは電柱になることだからだ。お前の父も同じに過ぎない』って。彼らは父の体を闇の中に投げ込んだ。それでも電柱が出てくることはなかった。それでやっと混乱が起きて、私はなんとかその場を逃げ出すことができた。それ以来旅を続けて、ここへやってきたというわけさ」

沈黙が下りた。事態は僕の理解を超えはじめていた。僕は両親の電柱にすがりついた。すると、どうしてか「彼」の闇が深くなった。

「最初に会ったとき、その電柱は両親のものだって言ったね。両親が相次いで亡くなられたおかげで、近くの領域とつながることができたってことも」

君は、両親が死ぬその瞬間を見たのかい？　見てはいないんじゃないのかい？

両親が死んだのは、ほかに原因があると考えたことはないかい？

「不思議だったんだ。君たちの村は閉じた領域だった。それもそんなに広くない。大量に食料を抱え込んでいる様子もない。なのに、子供が二人もいるんだ。それも、この世が闇に覆われてから生まれた子供たちだ」

「彼」がこちらに手を伸ばした。何気ない動作のはずなのに、ひどくおぞましい何かが滴《したた》っていた。僕は避けようとした。「彼」は気にも留めなかった。

「君たちはきっと、生贄として産み出されたんだ。私が見て来たあの共同体のように。だがそうならなかった。きっと、両親が身代わりになったんだ。君たちの両親は君たちの代わりに電柱になることを約束した。だから、君たち兄弟は生き延びたんだ」

頭を殴られたようだった。だが「彼」の次の言葉は、それをはるかに上回る衝撃だった。

「そんなことをしても無意味なんだ！　君たちの両親は死ぬ必要なんかまったくなかった、だって人は死んでも電柱になんかならないんだから！　人の死と電柱の出現は完全に別個の現象だ！　どうしてこんな簡単なこともわからないんだ！」

「彼」が僕の腕をつかんだ。もがいても振りほどけなかった。

「私は君らの大人たちを見た。あの共同体と同じだ。村長はなんて言っていた？　新しい場所には人っ子一人いなかったと言っていたんじゃないか？　とんでもない嘘っぱちだ。私は見たんだ。彼らが先にいた人々を捕まえて闇の中に投げ込むのを。君らの村人は殺人鬼だ。こんな場所にいちゃいけない。いつか君たちだって殺されてしまう。私と一緒に逃げよう。いろんなことを教えてあげる。いろんな場所へ連れて行ってあげる。発電所にさえたどり着ければ、この電灯が闇を無害化するメカニズムだって判明するはずなんだ。そうすれば、もう誰も殺されずにすむ。さあ、私と一緒に行こう。弟君もつれて、ここから逃げるんだ！」

　心が痺れはじめていた。世界から音が消えて、「彼」の言葉も聞こえなくなった。ただ「彼」に握られている腕だけが冷たかった。僕は両親の電柱を見上げた。電灯の光が、僕をやさしく照らしてくれていた。とてもあたたかな光だった。

　これは確かに僕の両親だ。両親が死んだから、この光があるのだ。

　僕は必死に抵抗し、「彼」を振りほどいた。「彼」は喚《わめ》き散らしていた。「彼」を覆っていた何かがはがれて、中身がこぼれてしまっていた。「彼」は僕らのことを散々罵っていた。迷信に目を曇らされて、いつ死ぬともわからない人生を選ぶなんてとんでもない馬鹿だと「彼」は言った。僕の視線の先を追い、憎々しげにつぶやいたのが聞こえた。

「こんなものは君の両親でもなんでもない。これはただの電柱だ。君の両親が命を捨てたこととは無関係なんだ」

　どうしてこんな簡単なこともわからないんだ！

　そうして「彼」は唾を吐いた。僕の両親の電柱に。

　僕は思わず飛び出して、「彼」を突き飛ばした。

「彼」はバランスを崩し、闇にその手の先がかすめた。

べきり、という音がした。指の骨が折れた音だった。

闇が「彼」を引きずり込むまで、瞬きする暇すらなかった。

何も見えなかった。血の一滴すら、光の中へ飛んでくることはなかった。ただ彼が解体される湿った音だけがすべてだった。

不意に、その音もピタリとやんだ。

そうして、闇の中に光が灯った。

真新しい電柱が、境界から少し離れた場所に出現していた。「彼」が死んでできた電柱に間違いなかった。結局、「彼」は間違っていたわけだ。そんなことを思った。僕は笑った。ほかにどうすればいいかわからなかったからだ。僕は両親の電柱を見上げ、「彼」に視線を移した。死者が僕を守ってくれている。光を投げかけてくれているさまに、僕は不思議な満足感を覚えた。

そうして、重大な異変に気がついた。

「彼」の電柱は、闇の中にぽつんと立っている。新しく生み出されたんだ。おかしくないだろうか？　人は死ねば、すぐその場所で電柱になるはずだった。「彼」はこの場所で死んだはずなのに、電柱はあんなにも離れた場所に出現している。

足元が崩れるような感覚があった。

もしも、「彼」が正しかったのだとしたら。もし、人が死ぬのと電柱になるのとが一切無関係なのだとしたら。

そのうえで、僕らの両親が僕らの身代わりのために死んでいたのだとしたら。

疑問が兆《きざ》した瞬間、僕の心から光が消えた。

僕の考えを支配しているのはただ一つ、「彼」の電柱のもとにたどり着くことだ。そうしてあの電柱が、「彼」だと確かめることだ。そのためにグズを殺した。たった一人の弟を。両親が命を投げ出してまで守ったはずのものを。

もう戻れない。すべてはこの世界を守るためだ。人は死ねば電柱になる。死者は生者を照らしだし、守ってくれる。すべての死には意味がある。両親の死も、グズの死も、「彼」の死にだって、必ず何かの意味が用意されている。そんな世界を、何があっても守らなくてはいけない。何を犠牲にしてでも。

僕はグズが電柱になるのを待ち続けた。

いつまでも、いつまでも。

竜とダイヤモンド

初出：『WHEELS AND DRAGONS　ドラゴンカーセックスアンソロジー』
サ！・脳連接派（２０１８）

いい写真だろ？

その写真だよ。鹿人がいて、坊っちゃんがいる。みんなして車に乗って、後ろには竜がまたがってるやつ。みんないい笑顔じゃないか。写真ってのはこうでなくっちゃな。不思議な光景と素敵な笑顔。こりゃ一体何があったんだろうと考えさせずにはおかない。そうやって写真は歴史を伝えていくもんなのさ。

おっと、そんなにびっくりしなくてもいいだろう。鹿人を見るのは初めてかい？　最近では新大陸じゃなくても珍しくないもんだがね。

あんたとおなじさ。客だよ。ここの主人とは旧知の仲だ。

ご明察。その写ってるのが俺だ。言っとくが鹿人の方だよ。ずいぶん昔の話、俺がまだ泥棒やってたころだ。いろいろあった締めくくりがこの写真ってわけだ。

ハハハ、真に受けたか？　作り話に決まってるだろ。何しろひとりは法に触れてて、もうひとりは国の歴史に名前が載ってる。おまけにダイヤでぎっしりの秘密の谷まで出てくる。いまやこの国の誇りになった竜のびっくりエピソードは言うに及ばずだ。名前も伏せて委細もおあずけ、おとぎ話と断ってはじめて語れる物語さ。

何だいその顔は。聞きたいのかい？　そうでもない？

まあいいから聞けって。あんたの答えがどうであれ、どのみち俺は語りたい。おとぎ話はそういうもんだ。

さあさ、楽しいお話のはじまり始まり。

こいつは世にも珍しい、車とつがうドラゴンの物語だ。

◆
◆
◆

昔々、今となってはいろんな罪が時効を迎えるほど昔のこと、首府に一人の鹿人がおりました。

引き締まった体軀《たいく》、すらりと伸びた脚。助走もなしに人の背よりも高く跳び、見事な枝角《えだづの》を揺らして逃げる怪盗がいると思ってくれ。その名もなんと——。

やめとくか。こっ恥ずかしい呼び名も他人事なら気にならないもんだが、何しろこれは俺のことなんでね。

　鹿人には向かない職業がある。鹿撃ち猟師が筆頭として泥棒は二番目だろうな。何しろ目立つ。女ならまだしも男は救いようがない。どんな間抜けな目撃者だって頭から生えてる角は見逃さない。

　けれども俺は捕まらなかった。事あるごとにタブロイド紙を賑わせ、官憲にはにらまれながら、毎日のほほんと暮らしてた。毎回毎回、鉄壁のアリバイがあったからな。

　簡単に言えば、俺の活躍は全部ウソだったのさ。

　その日、俺は編集長と密会していた。場所はそうさな、紳士のクラブとでも言っておこうか。

　密会したのは一つには打ち合わせのため。一応、表向きの身分として記者の籍も用意してあった。だが実際には次のでっち上げの準備だ。鹿人の泥棒なんかもともとあった盗みに目撃者をとってつけただけの無責任なもんさ。記事の埋め草になりゃそれでいい。気楽なもんだ。

　そうとも、泥棒なんかいないんだ――それならどんなに幸せだったことか。だがその一方で、俺は確実に盗みを重ねていた。編集長にやらされてたんだ。不本意ながらな。

　俺が盗んでいたのは「秘密」だ。公にされれば身の破滅になるようなスキャンダルの証拠品。三文新聞の編集長が欲しがる理由に説明はいらないよな。

その日の品は竜をあしらったタイピンだった。どこで見つかったか公表されれば持ち主は青ざめること請け合いだ。編集長は満足そうにしまいこんで俺を見た。

「お前はほんとにいい子だな、俺の子鹿ちゃん」

「これで終《しま》いだ」

「考えとくよ」

うなずくしかない。俺もちょっとやそっとじゃ引き返せないぐらいどっぷり浸かってた。泥棒働きをしているのは適材適所でたっぷり稼げば老後の資金も安泰というやつだ。経験がなかったわけでもないしな。新大陸にいたころは手癖も悪かったもんだ。恥ずかしい話さ。

やりたくてやってたわけじゃないさ。言い訳ぐらいはさせてくれ。いつもならここで俺が席を蹴って次の仕事はまた来週、てなもんだが、この日の俺は覚悟を決めていた。

次の仕事で終わらせる。

大それた目標は秘策あってこそ。ふんぞり返った編集長の前に、俺はいくつかの塊を転がしてやった。

何だと思う？　ダイヤさ。カット前の原石、異教の神殿で女神像の目玉役だって務まりそうな大きさ。さすがの編集長も目をむいてたよ。

「どこでこれを」

「こいつで最後にさせてくれ」

「誰から盗んだ？　ええ？　言えよ、俺の可愛い子鹿ちゃん」

そこで俺はもう一つの品を出した。名刺だ。

誰のだと思う？　それこそこのお話のもうひとりの主人公さ。坊っちゃんのご登場だ。


とんでもない美形の紳士がいると思ってくれ。スーツをりゅうと着こなしてさっそうと歩く美男子。微笑《ほほえ》めば花も恥じ入り鳥は落ち、ご婦人方は甘美なる夢のなかで行方不明。そういう坊っちゃんだ。

といっても、俺が最初に見かけた時は歩いていなかったし、微笑むどころでもなかった。坊っちゃんはごみごみした下町を必死の形相で駆け抜けていた。

「泥棒！」

俺を見かけた第一声がこれだった。ご慧眼には恐れ入ったがそいつは俺の早合点、「あいつを捕まえてくれ！」と先を走る小男を指さした。小男はネズミみたいな面構えで人間にしちゃまあまあの逃げ足、だが俺から逃げられるほどじゃない。鹿人は脚が速いんだ。

前に躍り出て、転ばせて、大事そうに抱え込んでた革袋を取り上げてやると、小男はそのへんの路地に姿を消して俺の人生からも退場した。追いついてきた坊っちゃんに革袋を返してやった。

「気をつけな」

「ありがとう、恩に着るよ、優しい鹿人さん」

この時の坊っちゃんの笑顔は今でも時々夢に出てきて、翌朝は人間の言い方で言うとバラ色の気分で目覚めることになるよ。

「大事なものなのか」

「実を言うとダイヤモンドなんだ」坊っちゃんは中身を手のひらにあけて数え、形のいい眉をひそめた。

「一つ足りないな。いつのまに」

「そうと知ってりゃ逃さなかったんだが」

「君のせいじゃない。感謝している。それにしても弱ったな」

「サツに届けたらどうだ」

すると坊っちゃんの瞳が憂いを帯びた。「警察はちょっとね」

「やばい品か？」

「不名誉な品ではあるな。盗まれたことが公になれば私はちょっと大変だ」

「なるほどね」

そこで俺は名乗った。新聞記者の名前のほうさ。盗品の売買には少々勘があると匂わせて協力を申し出た。坊っちゃんはあっさり信じて名刺もくれて、滞在先まで教えてくれた。当時は建前はともかく、本音じゃ異人種なんか人間のうちに入れない奴らのほうが多数派だったが、坊っちゃんは俺を見下さなかった。角を触らせてくれと頼まれたのには閉口したがね。

さて坊っちゃんが角を曲がって姿を消すと、俺はポケットに手を突っ込んでダイヤの感触を確かめた。言っただろ、俺は泥棒。これぐらい一瞬の早業だ。

事情を語り終えると、編集長は「決まりだ」と言った。

悪巧みは実にあっさりまとまった。「不名誉な品」がキーワードだ。盗まれても警察に届けられないダイヤを持ち歩くような坊っちゃんにはきっと何かの秘密がある。金庫いっぱいのダイヤを引きずり出せる。最低でも革袋のぶんはいただける。

思ったとおり、編集長はよだれを垂らしたさ。名刺の名前には心当たりがなさそうだったが、それこそブンヤの腕の見せ所だ。

「期待してるよ、子鹿ちゃん」

二日ほど焦《じ》らして、俺は坊っちゃんのもとへ乗り込んだ。

坊っちゃんはそれはもう感謝感激雨あられだった。そこで取材させてくれと持ちかけた。

坊っちゃんは渋るかと思ったが、あっさり快諾した。拍子抜けだったよ。

結局はもったいなくもご邸宅へのご帰還にあわせての招待と相成った。首府から列車を乗り継ぎ、ど田舎の駅に降り立った。

そのころには、坊っちゃんがさる伯爵様の関係者だと知ってた。

『爵位を持ってるわけじゃない』編集長はそう言ってた。『貴族名鑑を調べた。名刺の名前は跡取り息子のものだが大戦で死んでいる。伯爵本人は後添いも取らず死に体だ。そいつの正体はなんとも言えん。用心しろよ』


「ようこそ」

坊っちゃんの言葉で俺は我に返った。坊っちゃんはトランクに腰掛けて背伸びをしていて、地上で休憩している天使に見えた。

「もう少しで我が家だ」

「迎えが来るんですか？」

「あらたまらなくてもいいじゃないか。取材だってことは一旦忘れたまえよ。君はうちの客なんだ」

「じゃあお言葉に甘えて——ここからは馬かな？」

「車だよ。私が運転する」坊っちゃんはにかっと笑った。「得意なんだ」

荷物をお運び申し上げると、坊っちゃんは駅前に捨ててあった鉄くずにすたすた近づいていって乗り込んだ。

鉄くずじゃなくて車だった。

一応エンジンも掛かったし、座席も幌もあって、フロントガラスはなかった。こんな車に居残ってるようじゃ自分のキャリアはお先真っ暗だと気づいたんだろうな。腰が引けたが、ゴーグルで準備万端の坊っちゃんが「さあどうぞ」なんて俺のゴーグルまで差し出してくるもんだから乗るしかない。それでも、荷物を積み込んだらそこで息絶えるんじゃないかとびくびくものだった。リア部分なんかショットガンで撃たれたような有様だった。

「高級車とはいえないな」

「財政的事情でね」

計画に暗雲が立ち込めてきたのがわかるか？　坊っちゃんのポケットには原石がごまんと収まってる。金貨が詰まってるのとおんなじだ。だのに財政的事情？

俺は陰鬱な気分を押し殺した。

「さ、つかまってくれ。飛ばすから」

幸い、内装は外見ほどには痛めつけられてなかった。角を押し込むのに苦労していると、坊っちゃんが幌をあげてくれた。俺がどうにか落ち着くと、坊っちゃんがアクセルを踏んだ。

車に乗ったことはあるか？　俺はあると思ってたが、坊っちゃんの車に乗って考えが変わった。走行中は会話がずいぶん弾んだもんだ。

「ぶつかる！」

「ハッハッハ」

「前を見ろ！　前だ！」

「だいじょうぶだよ」

「ブレーキ！」

「事故を起こしたことは一度もないんだ」

「ああああああ！」

「君は面白いね。車に乗るのは初めてかい？」

坊っちゃんは運転が得意なんじゃなくて飛ばすのが得意だった。幸い対向車も通行人もいなかった。人っ子一人見かけない田園地帯を、俺たちは飛ぶように通り過ぎていった。車がボロな理由が明らかになってきた。少なくとも、俺はわかったつもりでいた。だが本当は、別に坊っちゃんがのべつ幕なしに事故を起こしているわけじゃなかったんだ。

と、道の向こうに土煙が見えた。

さすがに対向車が来ればスピードを落とす――と思うだろ？　坊っちゃんは違った。なぜか顔が険しくなって踏んだのはアクセル。「つかまってくれ」ときた。つかまってたさ。

人生でこんなにもなにかにつかまってたことはなかったし、つかまってるのにこんなに心もとなかったのも初めてだった。

「何だよ、なんなんだ説明してくれ」

坊っちゃんは俺を見た。その時ばかりは「前を見ろ」なんて言えなかった。坊っちゃんはまるでいたずらを企んでいるようにみえた。

「竜だよ」

◆
◆
◆

あんたはどうだい？　あるかい、竜を見たことは。

今でこそ竜の繁殖技術は確立されてる。ちょっと大きな動物園じゃ竜は象やらパンダやらとならんで見ものの一つだ。だがあの時は、文明国にいる竜はあいつ一頭だけだった。記憶の隅には引っかかっていた。植民地で見つかった竜が女王陛下に献上されたとかなんとか。だがまさかこんなど田舎の道を向こうから走ってくるとは予想もしていなかった。鱗に、長い首、牙も見えて、大きさときたら牛より二回りはデカい。おとぎ話に出てくる姿そのままの生き物が土煙をあげて迫ってきたら、竜が襲ってきたと思うしかない。

俺は悲鳴を上げた。坊っちゃんはアクセルを踏んだ。それに気づいた俺はまた悲鳴を上げた。

「ブレーキだろ！」

「大声出さないでくれ」

俺たちは槍を構えた騎士みたいに竜めがけて突っ込んでいった。きっと中世の騎士は坊っちゃんと同じぐらい頭がおかしかったんだろうな。俺は違った。こんなボロ車を棺桶に死ぬのはまっぴらだった。だからできることをやった。横からハンドルを奪おうとした。

「ちょっと、何を」

坊っちゃんは大いに抵抗したし、俺は角で坊っちゃんの目を突きそうになった。押し合いへし合い、合間にはお互いの顔をしげしげ眺めて「何考えてんだこいつ」と思う一幕だってあった。竜はどんどん距離を詰めてきた。俺はせめてもの助けにとホーンを鳴らした。反応は激烈だった。「止めろ！」ハンドルを奪われそうになっても大してあわてていなかった坊っちゃんが血相を変えた。理由は俺にもすぐわかった。竜が加速したからだ。

コントロールを失う直前、俺と坊っちゃんのどちらかがブレーキのことを思い出して踏んだ。車は竜にぶつかって止まった。衝撃は予想より少なかった。頭を打たずにすんだという意味さ。

「みょんみー」と竜が鳴いた。

あいつの鳴き声を初めて耳にしたのはこのときだ。猫みたいな声だと思ったよ。まあ、当たらずとも遠からずさ。

俺たちは車から這い出した。

車はちょっと凹むぐらいですんでいた。それは竜も同じだった。尻もちをついてキョロキョロして元気いっぱい。「みょんみー」とくる。交通事故被害者が加害者に寄せるご意見にしてはなかなか好意的な響きだった。竜は俺たちにちらりと目を向けるとあいさつはすんだと思ったらしく、後は車に頬ずりしだした。俺たちは二人ながらに尻もちをついたまま竜を見ていた。

埃を払い落として立ち上がったのは坊っちゃんの方だった。あろうことか、坊っちゃんは俺をにらんだ。

「運転席でもみ合うのは行く手に竜が立ちはだかっていないときにしてくれないか」

「知ってるか？　車にはブレーキってもんがあるんだ」

「すり抜ける予定だった。一度も失敗したことはないんだ。だいたい竜相手にホーン鳴らすなんて何を考えてるんだ。常識がなさすぎる」

坊っちゃんは常識についてもうひとくさり講義したそうだったが、これみよがしに肩をすくめて止めた。竜に近づき、車とじゃれてるのを無造作に手で押しのけた。

「みょんみー」

　竜はあっさり引っ込んだ。まるでご主人様のご機嫌を伺う犬みたいだった。竜は後ずさり、かと思うと車の後部にのしかかって、坊っちゃんにちらりと目をやってまた後ずさった。坊っちゃんは何事もなかったかのように車に乗りこみ、エンジンを掛けようとしてあきらめて、車の耐久性についてブツブツ言った。その横顔を見ているうちに、つい言葉が出た。

「なあ、どうして男のなりをしてるんだ」

　もみ合ったときにわかった。坊っちゃんの顔に苛立ちが見えた。まずい質問をしたことはわかっていた。どうしようもない時はあるもんだ。

　坊っちゃんは冷たい目で俺を見て、どんな辛辣なことを言ってやろうか悩んでる様子だった。だが結局やめて、かわりにぱっと笑った。どんな氷もとろかす笑顔というやつだ。

「紹介させてくれ。竜だ。文明国でただ一頭しかいない。ちょっとしたアクシデントはあったが、本当はすごく優しくて行儀のいい子で――」

　そうして、竜に「ああ」と言った。

　竜が車を押していた。

　後ろ脚で立ち上がり、車にのしかかるようにして体重をかけた。猫車と同じ要領で車が進みだした。車はそれはもうぎしぎし、傍で眺めてた俺の心臓も同じ音を立てたが坊っちゃんときたらため息をつくだけで、「君は歩く？」とくる。仕方なく乗りこんだ。竜の腹に角が引っかかりそうだったが、歩いてついていくわけにもいかないもんな。

竜は「みょんみー」なんて間抜けな鳴き声をあげながらまあまあ器用に車を押した。坊っちゃんがハンドルを握り、俺たちは牧歌的な速度で田舎道をぎしぎし進んでいった。さしあたって安全運転ではあった。そのうち俺はこらえられなくなって笑いだした。坊っちゃんも笑った。

「言うのが遅れたが、助けてくれてありがとう。君は命の恩人だ」

「どういたしまして」

「みょんみー」と竜が鳴いた。


ポーチで出迎えてくれたのは一匹の猫だった。竜が「みょんみー」とあいさつすると猫も「んなー」。荷物を全部下ろすと、猫がボンネットに飛び乗ってきて寝た。竜は車を押しながら「みょんみー」とどこかへ行った。世にも奇妙な光景だった。

屋敷は屋敷に見えた。車が車に見えたのと同程度には、だ。玄関ホールは立派だった。雨漏り用のバケツは見なかったことにした。使用人は一人も出てこなかった。薄暗い応接間に通されて、腰を下ろすときには椅子の埃をはらった。

「散らかってて悪いね。さて、お茶は出せないが、貧乏貴族の取材に来られた記者さんには興味深いお話ならできるよ」

坊っちゃんが出したのはダイヤだった。喉から手が出そうだったが、顔に出すほど素直じゃない。それに、気になることは他にもあった。

「むしろ、あの竜について聞きたいね」

坊っちゃんは微笑んだ。「ついてきてくれ」


「あれはうちで飼ってるんだ。私はあの子と一緒に大きくなったようなものだよ」

屋敷には部屋がごまんとあったが、大半はこの世での役割を終えたような雰囲気をかもしだしていた。坊っちゃんの部屋は例外だ。

図書室兼私設の博物館といった趣だった。世界各地の地図や写真が飾られている。中心に据《す》えられているのは何枚もの竜のスケッチ。全体像も、爪や鱗やあごの拡大図もあった。絵だけみれば、地上で最も強く気高い生き物に見えた。

「研究資料だ」

「竜博士かい？」

坊っちゃんは取り合わなかった。ダイヤの革袋を取り出し、金庫に手をかけた。俺は目を背けて、坊っちゃんが金庫を閉めるまで待った。

部屋には他の写真もあった。両親と兄妹の家族、幼い兄妹と一緒に写る卵、猫とじゃれる小さな竜。子供のころから一緒にいるというのは嘘じゃなさそうだった。ぼんやり眺めているると、写真を伏せられた。珍しいもんだ。家族写真を見せつけてエピソードを聞かせるのが残虐行為だと知っているわけだ。

「さて」と坊っちゃんが言った。「ダイヤの話と竜の話、どちらを先に聞きたいかな？」

「竜かな」

「ならこれを見るといい」

坊っちゃんが壁の写真を指さした。俺の目は釘付けになった。谷底を見下ろす写真だ。ぶれてぼやけて逆光で、だが撮影者は力を尽くしていた。写真には竜が写っていた。何頭もの竜が宙を舞って、撮影者に興味を示し始めていた。それでも大事なものはちゃんと写っていた。谷のあらゆる場所で光り輝く結晶。もちろん水晶や氷の可能性だってあったが、俺の目は見たものを信じた。

「ダイヤモンドの谷だよ。竜の生息地だ。私の祖父が探検隊に出資していてね」

坊っちゃんの声はすこし奇妙だった。虫歯があるのに気づいたような。

「東方や南洋亜大陸にも似たような場所があるらしい。これは植民地で撮られたもの。あの竜もこのそばで見つかったんだ。卵だったけどね」

「あのダイヤもそこから来たのか？」

坊っちゃんの虫歯が二本になった。そこで質問を変えた。

「どうして売らない？　金がないんだろう？」

すると坊っちゃんは袖口の埃を払って眉をちょっとあげて、ぱっと微笑んだ。

「泊まっていってくれるね？　人を迎えるのは久しぶりなんだ。使用人には暇を出したが、一人だけ残ってくれている。彼女の料理は最高だよ」

確かに最高だった。これからすることを考えると、気がとがめる味がしたがね。


その晩、俺はダイヤを盗み出した。

金庫を破る必要もなかった。坊っちゃんがダイヤルを回すとき、俺は礼儀正しく横をむいているふりをしていた。だが鹿の目は顔の横についていて視野は広い。番号はばっちり見えていたんだ。

結局、秘密は探れなかった。ならダイヤをいただいてあとは忘れるしかない。

外は月明かりがさしていた。逃げるにはどうしたって足が必要だ。俺は屋敷の周りをめぐって車を探した。

するとどこからともなく「みょんみー」という声が聞こえた。

竜だ。出くわして嬉しい相手じゃない。さっさと身をひるがえし、するとちょうど車が目の前にあった。あっさりエンジンも掛かった。事故車にしては悪くない。

さあとっととおさらば——という段になって、俺はためらった。その家のパンと塩とを口にしておきながら裏切るのは大いに気が引けて、かなりぐずぐずしてた。

すると「みょんみー」と鳴き声が聞こえた。

やばい、と思ったときには衝撃が来た。

俺は車に轢《ひ》かれたことはないが、竜にぶつかった経験なら先刻したばかり、そこへ車に乗ったまま竜に敷かれる体験が加わった。車は揺さぶられるし、竜の牙だの爪だのは嫌でも目に入った。俺はすばやく決断した。命からがら飛び出して振り返った。

そうしたら、月明かりの下で竜が車を犯してた。

適当な四足の生き物ならなんでも、オスがメスにのしかかる。この場合はのしかかってるほうが竜で、のしかかられているほうが車だった。

「みょんみー」と竜は鳴いていた。「みょんみ、みょんみー！」感極まった猫みたいな声をあげながら、車相手に押したり引いたりやっていた。

ぼんやり見守ったさ。生命の神秘だからな。だがしばらくすると怒りが湧いてきた。人んちの玄関先で交尾してる猫に対して湧き上がるような怒りだ。

「止めろこの野郎！」

熊よりでかい動物を怒鳴りつけるなんて命知らずだろう。だがその時の俺は必死だった。体は罪悪感でかっかして、頭はキュウリみたいに冷えきっていた。田園地帯を駅まで走って逃走手段は早朝の鈍行列車《ミルク・トレイン》で手を打つ、そんな算段をしながらも、口では竜に食って掛かっていた。竜の性欲ごときでおじゃんにされてたまるかと思った。

「そいつがメスに見えるか！　恥を知れ！」

竜の巨体に飛びつき、けとばし、車から引き剝がそうとした。

すると竜が俺を見て、何を思ったのか車から離れて伏せた。

俺はグズグズしなかった。車の損傷を確かめ、だがそこで何かが光ってるのに気づいた。

テール部分に更に穴が増えていた。何かが穴の中で光っていた。

きれいだった。竜のことも、逃げてる途中だってことも一瞬忘れたよ。


「金庫の中身を知らないかい」

振り返ると坊っちゃんがいた。肩を怒らせた坊っちゃんは天使のようだった。罪人にお仕置きする怒りの天使だ。

「お客人を疑うのは気が引けるんだが、何しろ容疑者は限られるんだ」

「なんでここにダイヤがある？」

「君が盗んだから」

「そうじゃなくてこの、車に埋まってるやつ――」

そこで理解が閃いた。竜がギコギコやるとダイヤが出現していた。それにあのダイヤモンドの谷。竜あるところにダイヤありだ、つまり――。

「もしかしてダイヤはそいつが出してるのか？　なんていうか、体から？」

坊っちゃんは答えなかった。それが答えになった。

「実を言うと君のことは知ってた。新聞で」

悪いことはするもんじゃない。それがたとえ新聞のでっち上げに付き合ってるだけでもだ。坊っちゃんは顔をそらした。盗んだほうと盗まれたほうの間柄はどうしたって気まずい空気になるもんだ。

そんな気まずい空気を打破したのは竜だった。

「みょんみ！」

気がついたときには、竜は車にまたのしかかっていた。高尚なやり取りに退屈したんだろう。竜は我慢が似合う生き物じゃないものな。それとも、いたたまれない雰囲気をほぐそうとしたのか。誰にもわかるもんじゃない。

「みょんみー！」ぎこぎこばこばこ車が揺れた。「みょんみ、みょみ！」

「止めろ！」「ダメだ！」

俺と坊っちゃん、二人ながらに思いは一つだ。だが竜は止めなかった。生命というやつはこれだから困る。場所も時間も関係なしだ。

そのうち竜は満足してどこかへ消えた。坊っちゃんが俺に笑顔を向けた。不思議な笑みだった。月の女神が夜道を急ぐ村人をもてあそぶような、そんな顔だ。

「ねえ、君はどうして泥棒になったんだい」

理由ぐらいあるさ。だがその場で答えるには長すぎた。坊っちゃんもどうしても答えてほしいわけではなさそうだった。坊っちゃんは笑って、こう言った。

「ダイヤを盗んでくれないか、私の代わりに」

何を言っているのかわからなかった。ただ、えらくゾクゾクしたよ。

◆◆◆

翌朝。俺はポーチで車のエンジンを吹かしていた。猫と竜が見守っていた。あんな目にあわされた割には車は意気軒昂だった。竜は物欲しげに鳴いたが、猫ににらまれて座り込んだ。

「竜はダイヤを出す。そしてうちには金がない」

原石をじゃらじゃらいわせながら坊っちゃんは肩をすくめた。

「だが私が宝石店に持ち込むと足がつくんだ」

「前科でもあるのか」

「私の家には竜がいて、竜からダイヤが出ることを、知っている人は知っている。急に私がお金持ちになったら良からぬ想像をする人がいるかもしれない。飼育はうちでやっている。でも建て前上、竜は女王陛下の財産なんだ。竜から出てきたダイヤも右に同じ。私は女王陛下の信頼を裏切ることなんかできないな」

「どの口で言うんだ」

「だが泥棒には関係ない、そうだろ？　それに、盗品を換金するルートを持っているはずだ。悪いお仲間を紹介してくれなくても構わない。要は君のコネを使わせてほしいということなんだ。コネという言い方であっているかな？」

坊っちゃんの目はキラキラしていた。天国の一日周遊券を分けてもらった奴の目をしていた。

「実を言うと、あの時は覚悟を決めて横流ししようとしていたんだ。財政事情が逼迫しててね」

竜はさぞや高くつくんだろう。だから屋敷は雨漏りするし、竜に新しい車も買ってやれないんだ。だがこれは外野がごちゃごちゃ言うことじゃない。

「じゃあ男装してたのも、足がつかないように工夫したのか」

「これはまた別」

坊っちゃんはちょっと上目遣いをした。「なかなか悪くないだろう？」

殺人的に似合っていた。女が男のなりをするには理由が必要かもしれないが、坊っちゃんについては聞くだけ野暮だと思った。理由ならあったんだが、わかるのはもう少ししてからだ。

「じゃあ行こうか」

「ついてきても仕方ないぞ」

「私も出かける用事があるから。古くからの知り合いなんだ。私の上司でもある。王立動物園附属竜研究所だ。研究所といっても、私と博士しかいないんだが」坊っちゃんは肩をすくめた。「研究じゃなくておままごとかもね」

「で、用事は?」

「届け物」


一見して金持ちが住んでいそうなフラット。俺は外で待っていたかったが、坊っちゃんに引っ張られた。いいアイディアとは思えなかった。応対した従僕は俺に目を瞠《みは》るや早々に引っ込み、博士ご本人が弾丸みたいに飛び出してきた。

「なんだお前、なんだお前!」

とんでもなく威張りくさった鼻持ちならない小男を想像してくれ。眼鏡姿で、キーキー声で、髪の毛は少々心もとなくて、ずいぶん取り乱していた。今にして思えば無理もない事情があったんだが、この時の俺は知るよしもなかった。

「ちょっと、落ち着いてください、博士」

「何しに来た!」坊っちゃんに向かって「離れるんだ! 私の後ろに」

坊っちゃんは当惑していたが、俺はあいにくこんな扱いには慣れている。俺は両手を上げて一歩後ろに引き、すかさず坊っちゃんが封印ずみの封筒を渡した。中身はダイヤだ。博士はずっと目ん玉をひんむいたまま。俺がこの場の空気を消費していることについて異議がありそうな様子だった。

「お前は誰なんだ、彼女とどういう関係だ」

身分は記者、竜を取材している。坊っちゃんの屋敷にお世話になっている。そんな話をした。カバーストーリーに混ぜる嘘は砂粒ぐらいにとどめておくのが吉だ。ダイヤのダの字も口にしなかった。

すると博士はようやく緊張を緩めた。

「泥棒じゃないのか」

誤解が解けて何よりだった。あんなお騒がせ野郎と俺が同一鹿人物なわけがない、だろ？　だが鹿人違いなら慣れてますともアハハハハ、とここはお互いを許して交友を深めるべき場面——だが博士はブロッコリーを飲み込んだ犬みたいな顔のまま、俺を油断なく観察していた。

「失礼、どこかでお会いしましたか？」

「とんでもない！　なんてことを言うんだ！　一体何を……出て行ってくれ！」

軽いジョークがこのざまだ。俺たちはほうほうの体でフラットを逃げ出した。

「なんだあれ」

「いつもはああじゃないんだが」

坊っちゃんも俺に負けず劣らず困惑しきりだった。「それこそ泥棒に入られたのかもね。身に覚えは？」

「ない」

だが本当は、この時の俺は殺されても仕方ないようなことをしていた。当時は知るよしもなかったがね。


編集長のところはさすがに坊っちゃんにはご遠慮願った。

事の次第を報告すると、編集長は愉快そうに手のひらをすり合わせた。

「ダイヤを産む竜か。大物を釣り上げたじゃないか、さすが俺の子鹿ちゃん」

「本当なんだぜ」

「信じるさ。現実はフィクションじゃない。筋なんか通ってるほうがおかしいんだ」

「なんでもいい。金に替えてくれ」

「いっちょまえにビジネス気取りか、子鹿ちゃん。よしよし、子鹿ちゃんの望みどおりにしてやろう。泥棒はしばらく休んでいいぜ」

やり口が決まった。金の洗濯だ。編集長はダイヤをさばき、金を別の名目で坊っちゃんの口座に流し込む。名義は俺だ。俺は新聞記者だ。記者だから竜を取材したってバチは当たらない。協力費は目の玉の飛び出る額になる。ダイヤでも売り飛ばしたのかってな額だ。文明国でただ一頭の竜相手なんだから高くついてもいたしかたない。もちろん会計士には通用しないちゃちな工夫だが、心配ないと編集長は請け合った。「コネがある」とのことで、詳細は聞かないに限る。

「そういうことだから、竜のことを教えてくれよ」

「構わないよ」

俺としては、竜にまつわる小話でも聞けて、軽いエッセイの一つもまとめられれば良かった。しかし実際には、屋敷に戻るやいなや満面の笑みの坊っちゃんに連行され、急ごしらえの教室に押し込まれ、ノートとペンを渡された。

「さあ始めよう」

坊っちゃんの部屋には黒板があった。黒板を前にした坊っちゃんはちょっとどころじゃなくイキイキしていた。

「なあ、坊っちゃん」

「先生と呼びたまえ。これは授業だからね」

たぶんこの時、俺は坊っちゃんの夢の一つを叶えてしまったんだと思う。そのつもりもないのに誰かの夢を叶えてしまったら、最後までお付き合いするのが責任ってもんだ。

　坊っちゃんは黒板に竜の絵を描いた。

「竜の生態についてはわからないことだらけなんだ。既存の系統のどこに位置づけていいのかもわからない。いつ出現したのかもわからない。成体の竜には翼が生えるが、どうやって飛行しているのかもわからない。そんななかで一番わかっているのが竜の生殖なんだ。だから今日はそのことについて話します」

「他のネタないのか」

「却下だ。それに、私だって話したい」

『生殖』と坊っちゃんは白いチョークで書き、黄色のチョークでぐるぐる囲って、ついでのように卵を描き、卵に顔を描いて、少し考えて消した。

「卵生であることがわかっている。それから死後間もないメスを解剖したところ、全身にふさがった傷口があり、奥にはダイヤモンドが埋め込まれていた。あの子の習性と合わせると、オスの竜が出したものだろうと推測できる」

「でも、ダイヤって石だろ」

「ダイヤモンドは鉱物、そして竜が出しているのは精子のはずだ。だが竜の場合は結晶状の硬い殻で、中で何かが泳動するようすもなくて、ダイヤと区別できないんだ。内部には微細な歪みがあり、これがいわば遺伝子を記録した文字のようなものだと思う。他には類を見ないやり方だ」

遺伝子なんて聞き覚えのない言葉に俺は目を白黒させた。デオキシリボ核酸なんて言葉は誰も知らない、そんなご時世の話だと思ってくれよな。

それにしても、気になることがあった。

「てことはなにかな、竜は石が、その、ペニスを通るわけか？」

「それがなにか？」

実にデリケートな問題だ。結石はビロードの天使みたいに通り抜けていくわけじゃない。急に竜に対する畏敬の念が強くなってきたが、坊っちゃんに言わせれば「心配無用だよ」とのことだった。

「あの子を見る限り別に痛がるようすもない。それどころか進んでやっている。快感があるのかもしれないな」

この授業は爆弾だらけで息もできないと思っていた。そうしたら、いくらもしないうちに次の爆弾が飛び出してきた。

「さてこのようにペニスが発達している竜だが、その使い方は一風変わっているらしい。メスの竜を解剖してわかったことだが、総排出腔にはダイヤが通過した痕跡が見られなかった。君の指摘したとおり、通ると傷が残るはずだからね。このことから何が言えるかな？　竜の性器はどこにあるんだろう？」

「わからない」

「竜は全身が性器なんだ」

「竜は全身が性器なのか」

「ノートをとりたまえ。大事なところなんだ」

「もし俺が雨のなか溝にはまって死んでいて、握りしめた拳を開いてみたら紙片が出てきて『竜は全身が性器』と書かれていたら、冥福を祈ってくれるかい?」

「真面目にやってくれ」

卑怯だとは思わないか?

「メスの竜の全身にはダイヤモンドが射ち込まれていたんだ」

坊っちゃんは図鑑を出してきた。平たくしたナメクジのような生き物のスケッチが並んでいた。「ヒラムシだ」と坊っちゃんが言った。

「ヒラムシは小指ほどの大きさしかない単純な生物だが、面白い性質を持っていてね。相手の体のどこにでも精子を射ち込むことができるんだ。総排出腔はあくまで使いやすい通り道にすぎないんだ。生命は方法を見つける。竜もまた精子を相手の体に埋め込む。もちろん体は鱗に覆われている。銃弾も通さない鱗だが竜同士なら貫通できる」

「よく平気だな、メスは」

「平気じゃない。そこが大事なところなんだ」

竜の生殖は命がけなんだ。特に、メスの方は。

「これはあくまで、たった一体のサンプルを根拠にした仮説だ。でもあの子の母親は全身に傷口が残っていて、ダイヤモンドが陥入していた。これと先のヒラムシの生態を合わせれば、竜はメスの役目を押し付け合うのではないかと推測できる。竜は群れで生活し、群れの中で序列の低い個体にみなが群がり、全身に精子を射ち込む。一対一ならまだしも多対一で、受け取った精子を使って卵を産む。大いに負担がかかる。発見されたメスの竜は耐えられずに死んだものと思われる」

「他のやり方を思いつけばいいのにな」

「人間の常識で判断しちゃいけないな」

そういう坊っちゃんにしてからが、竜のやり方に感じ入っているわけではなさそうだった。俺は竜の交尾の想像図を描こうとして止めた。うちの新聞の読者は世界一お上品なわけじゃないが、にしたってどぎついじゃないか。

ひとしきり語り終えると、坊っちゃんはチョークを置いて粉を払った。

「どうだい、なにか質問は」

「坊っちゃんはどうして竜の飼育なんか引き受けているんだ」

「お祖父様が冒険事業に金を出していたから」

「動物園にでも入れたらどうだ」

「検討はしているけど、展示には向かないんじゃないか。輸送も大変だし。途中で車を見かけでもしたらあの子は止まらない」

確かに。俺はへらへら笑って言った。

「じゃあ――車相手にさかるのはなんでだ。調教でもしたのか、こう、ダイヤ収穫のために」

俺としては軽いジョークのつもりだった。それだけに、坊っちゃんの反応は意外だった。坊っちゃんは青ざめて、黒板に書いたものを消し始めた。浮かれていたことが恥ずかしくて仕方なくなったようだった。楽しい空気は一瞬で冷えた。

「すまない、俺はただ」

「――その話はまた今度」

永遠に後回しで構わない。俺はそう思ったし、坊っちゃんもできることならそうしたかったに違いない。

◆　◆　◆

坊っちゃんの講義は記事にできなかった。もっと無難な話、竜がどんなにでかいかとか、竜が棲む谷にはダイヤが転がっているとかそのへんのことを書いた。毎回の記事と一緒に、ダイヤを書留で編集長に送った。今思えば正気じゃないが、坊っちゃんは平気の平左だった。オークションに出品するときもこうするらしい。恐ろしい世界だね。

事が進むと、いいニュースと悪いニュースがあった。坊っちゃんの竜話は編集長が太鼓判を押した。悪いニュースは、金が全く入ってこないことだった。編集長はなんのかんのと理由をつけて記事の掲載を渋り、連載より本にしたらどうかなんて話まで出してくる。となれば居心地が悪いのは俺だ。いくら貴族のお屋敷とはいえ、雨漏りしているような家になんの働きもせずに居座れない。

なにか手伝えないかと申し出て、厩舎《きゅうしゃ》の掃除をすることになった。

俺は腕に覚えがあった。新大陸を放浪していた頃は農場の手伝いで日銭を稼いだもんだ。だが坊っちゃんもなかなかのものだった。二人して汗を流すところを、猫と竜が並んで見ていた。

「下々のものにやらせるもんじゃないのかよ」

「金がない。それに、田舎の領主様なら農作業はできなきゃ」

干し草をしいてやる必要はなく、単にゴミや糞があればよけるだけだ。実際には車庫代わりに使われているようだった。竜は必要があれば車を自分で押して、厩舎に入れて、寝るときには寄り添って寝ているそうだ。

「俺が逃げた時は外にあったが」

「ときどき夜の散歩に連れて行くんだ」

変わりもんの竜だよな。その竜は掃除を興味深そうに見守っていた。床を掃いていた坊っちゃんが竜にほうきを向け、あごをかいてやると、竜はぐるぐる喉を鳴らした。

「まるきり猫だな、図体は別だが」

「猫に育てられたからね」

「冗談だろ」

坊っちゃんは本気だった。監督者気取りで俺たちを見ていた猫を抱えあげると、竜の首筋に乗せてやった。猫は毛の生えたクッションよろしく無抵抗、すると竜が「みょんみー」と鳴いて立ち上がった。猫を落とすこともなく器用に歩き、車にのしかかった。ぎしぎしやって、車に埋まったダイヤをどこか誇らしげに見せる。坊っちゃんは何も言わずただ見ていた。俺はされるがままの車の気持ちを思い、こんな目に合わされてもまだ走る文明の利器に驚嘆し、その時ふと思いついた。

「なあ、時々はこいつに乗ったらいいんじゃないか」

「え？」

「竜に。乗馬だよ」

「だめだよ」坊っちゃんの苦笑は泣くのを止めた雲のようだった。「危ないから」

いい加減俺も学んでしかるべきだった。俺みたいに不躾《ぶしつけ》な鹿人はそこら中に頭を突っ込んでまわるべきじゃない。おとなしく作業に戻り、すると竜が頭を上げて猫を落とした。

「醜い習性だ」

博士だった。目を三角にしてのご登場だ。

博士の襲来は坊っちゃんにも寝耳に水だったようだ。連絡もなしに訪ねてきておきながら、博士は我が物顔で竜に歩み寄った。不思議と竜は嫌がらなかった。ただ車から降り、油断なく丸まっていた。

「お越しになるとは」

「君の顔を見に来た。いけないか」

そんなことを言う割に、博士は竜にご執心だった。特に背中を見たがった。その時俺も気づいたが、竜の背中には膨らみが二つあった。観察しようと回り込むと竜が逃げ回り、とんだ鬼ごっこになった。坊っちゃんが介入してやっと落ち着くと、あんなに手間を掛けて整えた厩舎はぐちゃぐちゃになっていた。ひとり博士だけは何食わぬ顔で竜をにらんでいた。

「やはり成熟が進んでいる。もう先送りはできないぞ」

「そのことは中で話しませんか。着替えてきますから」

「その必要はない。ここを人払いすればいい」

坊っちゃんが俺をちらりと見た。助けに行くぞと思ったら違った。

「君は屋敷の方を片付けてきてくれないか」

「付き添ってなくて大丈夫か」

博士が目をむいたが、坊っちゃんはむしろ愉快そうだった。

「彼は私の婚約者だよ」


博士が坊っちゃんの婚約者？　釣り合いって言葉を知らないのか？　一体何があれば、坊っちゃんとあれが婚約することになるんだろう。

俺はちょっと呆然としたまま、厩舎を抜け出して屋敷の中をうろうろしていた。そうしたら幽霊が出てきた。

「鹿！」

寝巻きで金切り声をあげるご老人はかわいそうなぐらいやせていた。ずいぶん取り乱して、一時も俺から目をはなそうとしない。見慣れない鹿人を目にして大いに戸惑っているんだろうと思ったら事情が違った。

「鹿！　この不埒《ふらち》な鹿の霊めが！　祟《たた》りに来たか！」

そこでようやく気がついた。このちょっと神経が参った様子のご老人はひょっとして——。

「伯爵様でいらっしゃいますか」

「そうだが？」

落ち着いた伯爵は話が通じた。神経が昂ぶっていたのは俺のことを先祖が狩った鹿の幽霊だと誤解したせいであって、鹿人自体には何の偏見もなかった。

「新大陸の生まれだろう？　我が妻もそうだった。妻は慣れぬ土地でよく尽くしてくれた。鹿人の話もしていた。子供の頃はよく一緒に遊んだそうだ。角は生えておる時期なのか？」

驚いた。鹿人は角が生えてるもんだ。だがそれはオスだけの話だし、オスでも生えていない時期がある。知っているやつは少ないんだ。

そこから少し話をした。伯爵は本当は博物学者になりたかったこと、あちこちの探検にも金を出したこと、妻の実家は製材業で成功してうなるほど金を持っていたこと。欲得ずくの結婚だったのに妻は愛してくれたこと。息子夫婦を亡くしたが運命だから仕方がないこと――。

ちょうどその時、雷みたいな音が聞こえた。天気は悪くないし、帰る博士の車がバックファイアでも起こしたか、なんてのんきに構えていると、伯爵が険しい顔になっていた。

「気をつけろ。竜がおるぞ」

どうして急に竜のことなんか言い出したのかはともかく、伯爵様におかれては竜が好きなようには見えなかった。なんとかベッドへお戻りいただこう。そう思っていたら伯爵の目がでんぐり返った。

「竜！」

伯爵は何も目に入っていなかった。ただ自分だけの運命の日を追体験しているようだった。

「止めさせろ、竜を止めろ！」

伯爵は急に走り出した。俺も慌てて後を追った。伯爵は地獄のコウモリより速かった。デタラメに走り、つんのめり、はだしのまま屋敷の外へ飛び出した。向かった先は厩舎だった。伯爵は見えない壁にでもぶつかったように止まった。話し込んでいた坊っちゃんと博士が同時に顔を上げた。

「こんなところに——お祖父様、お加減はいかがですか」

坊っちゃんはひと目で事情を察して、伯爵に寄り添った。

博士も手伝おうとしたが、坊っちゃんはきっぱり断った。博士からは高圧的な態度は消え失せていた。伯爵を気遣っているのがありありとわかった。そして坊っちゃんに遠慮しているのも。ぼそぼそと何かを言って、逃げるように退出していった。

「お部屋へ戻りましょう、お祖父様」

伯爵は聞いていなかった。まるで幽霊でも見るような目で坊っちゃんを見ていた。

「お前、怪我はないか、大丈夫か。無事に戻った、良かった、よかった」

「ええ」

「気をつけねばならんぞ、あんな危ないものに乗るな。家を継ぐのはお前しかおらんのだ」

「わかっていますよ。さあ、お部屋へ戻りましょう」


「びっくりしただろう?」

伯爵を寝かしつけて、俺と坊っちゃんは厩舎に戻った。竜は車と一緒にお出かけしたようで、猫だけが居座っていた。たいして仕事なんか残っちゃいなかったが、気をそらすには手を動かして無関係な話をするに限る。

「婚約ってのは本当かい」

坊っちゃんが顔を伏せた。

「――兄の知り合いなんだ。ふたりはすごく仲が良かった。小さかった私はずいぶん嫉妬して、ふたりのあとをついてまわっていた」

坊っちゃんは言葉に詰まった。その時、俺にも坊っちゃんが見ているものが見えた。まだ女の子の格好をした坊っちゃんが、すこし年上の少年ふたりにまとわりつく光景だ。どこにでもついていって、こまっしゃくれたことなんか言って、男同士の話をしたい少年二人にはうっとうしく思えるときもあって、だがふたりとも決して坊っちゃんを邪険にしたりしない。そんな三人組だ。

もう壊れてしまった関係だとわかった。だって兄はどこにいる？

「彼が私に腹を立てるのも仕方ないんだよ」

猫がやってきて坊っちゃんを見上げた。そんな話はしなくていいだろ、と言っているように見えた。だが坊っちゃんは猫をなでて、結局は口を開いてしまった。

「以前、なんで男の格好をしているのかと聞いたね」

聞かなきゃよかった。人生の深き淵だ。もし他人が足を突っ込んでしまったら、真摯に聞き入る以外にできることはない。

「私には兄がいた」それが坊っちゃんの答えだった。「私の両親は海難事故で死んで、私と兄は祖父に育てられた。その兄も死んだ。爵位を継げるのは直系男子のみ。継承資格のある人間はいなくなった」

坊っちゃんは手を止めた。

「だから、私は兄のふりをしているんだ。そうやって祖父を騙《だま》してるわけさ」

俺は伯爵のことを思い、坊っちゃんのことを思い、他人様の事情に土足で踏み込んじまった自分を呪った。

「博士はなんの話だったんだ」

「竜を野生に返す計画なんだ。結婚して、飼育なんてお遊びは忘れるべきだ、だってさ。

また別の機会に話そうと言われたよ。君は留守番していてくれ」

困った展開だった。竜が他所へ行けばダイヤもなしだ。なんとか博士には意見を引っ込めてもらうしかない。どうにかできないか考えた末、いいアイディアが降ってきた。

「ドレスを買おうぜ、坊っちゃん」


不利な話をするために敵陣へ乗り込んで行く。これがグッドアイディアに見えるようじゃ人生の達人とは言えない。博士を呼びつけ、着飾った坊っちゃんがもてなす。坊っちゃんの美貌が本気を出せば、とろけぬ奴なんかいるわけがない。これぞ必勝の策だ。だが坊っちゃんは気乗り薄だった。「ドレスならお祖母様のがあるよ」なんて抜かす。引きずるようにして仕立て屋へ乗り込んだ。

仕立て屋ははじめ俺を追い出そうとしたが、坊っちゃんが入ってくると開業当時の夢を思い出した様子でいそいそと支度にかかった。

この世のへそから端っこまで小鳥が往復するのにかかる時間を永遠と言うらしい。その伝でいくと三往復ぐらいしたころ、坊っちゃんの支度が整った。お出ましになったのはフルドレスの坊っちゃんだった。髪を整え、宝石で飾りたてていた。目玉が飛び出るかと思ったよ。

「似合わないんじゃないか？」

「ばあさまの一人が言ってたんだが、自分の墓石に刻まれてもいい言葉しか口にしちゃだめだとさ。今のを墓に刻んでみろ」

「こういう格好は久しぶりなんだよ」

そこからは小物だの何だのを揃える長旅だ。俺たちは東方から来た金満家の王のように金を振りまいた。坊っちゃんは気が引けている様子だったが、かまうもんか。

支払いで一悶着あった。編集長は金を振り込んできていない。つまり無い袖を振る必要があった。だから振った。ダイヤだ。取っておきのダイヤだ。独自の判断というやつだ。これは担保だからと言って坊っちゃんを納得させた。ちゃんと金は払うからと。

結局これが命取りになった。

いよいよ本番だ。招待状を送り、人を雇い、食材やら酒やらの手配まで滞りなくすませた。ほんの数年前まではここの村人たちはお屋敷のお手伝いなんて日常茶飯事、むしろ俺が習う側さ。

坊っちゃんはドレスを着込んで準備万端整えていた。

「あいつを手玉に取ってやれ」

「悪い人じゃないんだよ」

御冗談、と思いきや、坊っちゃんは半ば本気で言っていた。

天気は雨、それを除けば万事順調だった。そこに博士がやってきた。正装はすこしばかりしょぼくれていた。だがそれでも、眼光は鋭いものだった。博士は俺を刺すような目でにらみ、坊っちゃんについては目を瞠っていた。あまりの美しさに衝撃を受けているんだとばかり思ったが、態度はむしろ不愉快そうだった。とても婚約者に向けるものとは思えなかった。

「結婚しよう」

料理をつつき、ぎこちない世間話をした後で、博士の口から飛び出した言葉だ。

俺は給仕としてその場にいた。手が滑って坊っちゃんに熱いポテトをお見舞いしてしまうところだった。だが、坊っちゃんは平然としていた。

「婚約しているじゃありませんか」

坊っちゃんの声には陽気なあきらめがにじんでいた。もうすぐ夜空が落ちてくるとわかっていて、せめて月や星を記憶にとどめておこうとする人間のような表情だった。

失点を取り返そうとするように、博士の方から本題に入った。

「あの竜は野生へ返すべきだ」

「認められません。あの子は野生を知らない」

「だが性的成熟が進んでいる。もうじき翼が生えるだろう。空を飛ぶようになったら制御不能になる」

「竜は危険じゃない」

「危険だ。そのことは君もよくわかっているはずだ」

「兄のことですか」

沈黙が降りた。博士は坊っちゃんから目をそらして、俺をにらみつけた。俺は正面から受け止めた。坊っちゃんの代わりににらまれていると思えば望むところだ。博士は気を取り直したように言った。

「返してやるのが一番だ」

「人に馴れています。死んでしまうでしょう」

それの何が悪い。博士はそうは言わなかった。ありもしない埃を袖から払い落としただけだった。

「群れに誘導すればいい。最悪でもメスになるだけだろう」

「そして死にます」

「君の仮説が正しければの話だ。はっきり言って女王陛下は竜には関心を示しておられない。繁殖ができるとなれば話は別だが、いずれにせよ谷に戻す必要がある。このまま飼い続ける選択肢はない。それに」博士は言いにくそうに周りを見た。急場しのぎで取り繕っちゃいるが、金欠にあえぐ屋敷を。

「この家に竜は重すぎた」

坊っちゃんは口を開き、閉じた。博士は坊っちゃんの意見を聞くつもりなんかなかった。ねじ伏せに来たんだ。それでも思った。金ならあるじゃないか。言葉が口をついた。

「女王陛下はダイヤと竜の関係をご存知なのか？」

給仕が客に口をきく。しかも異国の鹿人風情が女王陛下の御名を口に上らせる。とんでもない無作法だ。博士が青筋を立てたが、いまさら止まることもできなかった。

「竜がダイヤを産むことを知っていれば、ちょっとは関心を示すんじゃないのか？　メリットならあるじゃないか」

「あの竜がダイヤを産み出すところを女王陛下にお見せできるとでも思うか」

博士はあざ笑いさえしなかった。ただ事実を言うだけで良かった。俺はひとたまりもなく引っ込み、博士は坊っちゃんに目を向けた。

「それが君の目的か、竜からダイヤを収穫することが。金が目当てなのか」

博士の言葉が坊っちゃんにぶつかった。俺も坊っちゃんも青ざめた。これは言うまいと思っていたが、と博士が言った。

「君がダイヤモンドを換金していることは知っている。そのドレスも買ったんだろう。呆れたよ。もちろん君の考えたことじゃないだろうがね。そこの鹿人がそそのかしたんだ、そうだろう」

「――私がやったことです」

「坊っちゃん！」

するとと博士が立ち上がった。坊っちゃんのもとへやってきて、立ち上がらせて、抱きしめた。坊っちゃんはされるがままになっていた。

「私は君の兄さんと約束したんだ。必ず君を守ると。結婚しよう。竜は自然に返す。悪い仲間ともお別れだ。いいね」

◆◆◆

嵐が近づいていた。泊まるようにすすめるのを断って博士は帰っていった。手伝いの村人たちも帰し、失敗に終わった宴の後始末をしていると、坊っちゃんは着替えるでもなくテーブルに突っ伏していた。飲めないワインまで飲んでいた。

「もう止せよ」

坊っちゃんは止した。グラスを取り上げられて初めて俺に気づいた有様で、俺の袖をつかんで隣に座らせた。

「私のせいだ……」

「俺のせいだろ」

「違うよ」

慰めならいらない。本当なら俺だってこの屋敷から出ていってしかるべきだ。だが坊っちゃんが言っているのは本当に違うことだった。坊っちゃんは竜と車の不適切な関係について話していた。

「あの子の車好きは私のせいなんだ。前に車でぶつかったから」

坊っちゃんはグラスを取り返してあおった。俺は止めもせず呆然としていた。竜は車に轢かれると恋をするんだって？　悲しみに暮れた酔っぱらいの論理にしたって突飛すぎた。

「考えすぎだ。こないだだってぶつかってたじゃないか」

「絶対そうだ！　あの子は他の竜を見たことがないからアレが竜だと思ってるんだ……マウントだって取っている！」

「マウント？」

「群れの中で、ぐすっ、地位を確認するために、強い個体が弱い個体にまたがって……。犬とか鶏とかで見たことないのか？」

馬鹿な話だった。竜だって自分と車の区別ぐらいつくだろ？　猫に育てられたせいで自分を猫だと勘違いするほうがまだありそうじゃないか？

「あの子は悪くないんだ。悪いのは私なんだ」

「だから、悪いのは俺だって」

坊っちゃんは怪訝そうにした。本気で何を言っているのかわからないようだった。

「ダイヤの横流しの話だよ」

「――あれはいいんだ」

――私はなにか変えたいと思っただけなんだ。

坊っちゃんは目をそらしたままで、その言葉は出てきたはしから床に落ちた。ありがたかった。正面から受け止められるもんじゃなかったからだ。

「兄は私が殺したようなものなんだ」


十年前、竜が馬ほどのサイズに育った頃、坊っちゃんは竜に乗りたくなった。こっそり鞍と手綱をつけて、一人で乗竜としゃれこんだ。竜は人に馴れているし危険はないはずだった。だがはじめこそおとなしくしていた竜は何かの拍子に暴走した。気づいた兄が車で追いかけた。あと少しで坊っちゃんを救出できるというとき、運転を誤って竜と車が衝突、兄は帰らぬ人となった。爵位の継承者を失った伯爵は精神を病み、伯爵家は没落していった……。

「あの頃の私は竜のことをすべてわかっているつもりでいた。図に乗っていたんだ。博士は兄と仲が良かった。すごく仲が良かった。私は博士から兄を奪ったんだ」

暖炉の火が、坊っちゃんの横顔を照らしていた。

「今回の件も私の思いつきなんだ。ダイヤの換金だなんてどう考えてもうまくいくわけない。あれは博士に言われてサンプルとして持っていっただけなんだ。けど首府で君に会ったとき、なにかが始まる予感がした」

「出会わなきゃよかったな」

「そんなことないよ。博士の言うとおりだ。竜が私の手に負えなかっただけだ」

沈黙が流れた。人は血を流しすぎると死ぬし、血管に沈黙が入り込みすぎても死ぬ。なにか言わなきゃと思った。そういうときに出てくる言葉が人生ってやつなんだ。

「前に聞いたよな、俺がどうして泥棒になったのか」

「聞いたかな、そんなこと」

「俺は同性愛者だ」

言ったはしから後悔した。秘密なんてこんなもんだ。最悪のタイミングで飛び出してきて人をまごつかせる。だが坊っちゃんは拒絶しなかった。ただ、黙って俺の話を聞いてくれた。

「恋人に言われて体を売っていた。異人種姦専門の秘密クラブだ。しかも相手からゆかりの品を盗んで脅迫してた。俺の恋人は新聞の編集長だ。金をよこさないあのインチキ野郎さ」

「ぜんぶそいつの差し金なのか」

「ひどいだろ」

あんまりひどいもんだから、それ以上話すにはすこし休む必要があった。考えて、他の話をした。角のことだ。俺は故郷でも居場所がなかった。俺の角は本当なら発情期が終われば落ちていないとおかしいんだ。

「年中発情期みたいなもんさ」

「人間だってそうだ」

「事情が違う。言ってみれば……ずっと勃起しているようなものなんだ」

「すまない。そんなデリケートな話だとは」

「もう触らせてくれなんて言うなよ」

「肝に銘じるよ」

俺は人間社会にも馴染めなかった。新大陸だって無条件に鹿人を受け入れているわけじゃなかった。こっちへ来て、すぐ悪い仕事に手を染めて、だがあいつは、編集長だけは俺の角をほめてくれたんだ。かっこいいじゃないかって。今にして思えばありふれた口説き文句だったが、俺は嬉しかった。

「――そうと知っていれば、君に話なんか持ちかけなかった」

「俺だってダイヤを盗みになんかこなかったさ」

俺たちはふたりながらに座って、今後のことを考えていた。負け犬にだって残りの人生がある。だから負け犬なんだ。

「あの子をなんとかしてやらなきゃな」と坊っちゃんは言った。

どう答えていいかわからなかった。とにかく消えてしまいたかった。だが坊っちゃんにかけた迷惑を償わないまま消えることもできなかった。

伯爵が入ってきたのはちょうどそんな時だった。

「客か？」

伯爵がすっとんきょうな声をあげて広間に入ってきた。いつもならぐっすりおやすみしてる時間なのに。間の悪い話じゃないか？

「なぜ何の相談もない？　私からごあいさつを——おお」

伯爵は幽霊でも見たような顔を坊っちゃんに向けていた。ほんの束の間、伯爵は夢の世界にしがみついていられた。だが現実は容赦なくしみる。坊っちゃんの兄はとっくにくたばっていて、家の命運も尽きていることが伯爵にしみていった。伯爵は声も出せずに悶えていた。

そうして、崩れ落ちた。

ベッドへ運ぶその間にも息が絶えそうだった。医者を呼ぶしかない。だが外は嵐だ。使用人を帰していたのが災いした。

「ここにいろ、坊っちゃん」

俺はランタンを引っさげて飛び出していった。

厩舎に飛び込んだ俺を、当惑顔の竜と猫が出迎えた。

「みょんみ、みょんみ！」

いつになく激しい調子で竜は車にとりつき、猫がさじを投げたような様子で見ていた。

「どけ、下がれ！」俺は竜を怒鳴りつけた。聞きゃしなかった。竜は車を離そうとはしなかった。

この時は、嵐におびえてイライラしているんだろうとしか考えなかった。だから俺も怒りに任せて竜を怒鳴りつけた。

「さかってるばあいか！　伯爵が死にそうなんだ！」

すると——何を思ったか、竜のやつが伏せた。

そうして「みょんみー」と鳴いた。竜はじれったそうに俺を見ていた。あともう少し俺がぼんやりしていればなにかしゃべったかもしれなかった。だがそのとき、閃いた。

坊っちゃんの兄は竜に乗ったという。坊っちゃんだって。

だから、俺にだって乗れる。そうこなくっちゃ嘘だろう？

俺がまたがると竜が「みょんみ！」と鳴いた。竜の背は熱かった。背中のコブがやけどしそうなぐらい熱を持っていた。この時は深く考えなかった。ただ、一刻を争うことだけを考えていた。

　俺たちは厩舎を飛び出した。

　楽な道のりじゃなかった。夜闇《よやみ》をついて走るだけでも大変だし、雨風は強くなる一方。一寸先も見えなかった。竜につかまっているのが精一杯だった。仮に医者のところへたどり着いたとして、連れてこれるのは骨だけだったろうな。

　実際には道のりは半ばで終わった。道路脇の木に落雷したんだ。雷に焼かれた木が倒れ、俺たちはそこへ突っ込んでいったんだ。

　俺は泥の中に着地した。死にはしなかった。なんとか立ち上がり、ランタンを探して竜の様子を調べた。怪我なんかしちゃいないだろうと思った。車にぶつかられてもピンピンしている生き物だ。だが、期待は裏切られた。あいつは身震いひとつで大木をはねのけたが、うずくまったまま低くうなり続けていた。

　俺の目の前で、竜の体に変化が起きた。

　背中のコブが割れ始めていた。血液とは違う透明な体液がこぼれた。夜の雨を押しのけて、竜の背中に粘り気のある河が生まれていた。

　あとで坊っちゃんに聞いたところでは、ぶつかり過ぎたのが原因じゃないかということだった。竜の性的成熟は体に受ける物理的な刺激と深い関係がある。簡単に言えば、俺たちの竜は頭をぶつけたショックで大人の階段を昇っちまったということだ。泣くべきやら笑うべきやら、その時の俺にはわからなかった。

俺は竜の背中を見てやろうとした。だがあいつがそれを許さなかった。「みょんみー」と鳴きながら、俺を鼻で押しのけてうなった。太い身をよじり、泥をはねちらしていた竜が、ふっと体を丸めた。

背中から二本の骨が生えてきた。骨はどんどん枝分かれしていった。生物があんな速度で成長するものなのか俺には未だにわからない。とにかく尋常の様子じゃなかった。雨が竜に当たると蒸気が上がった。無数に分かれた枝の間を組織が埋めていった。

竜に翼が生えた。坊っちゃんの言う性的成熟だとすぐにわかった。

「みょんみー」

それがいつもどおりのあんまり馬鹿な鳴き声なもんだからあっけにとられた。大したことないんじゃないか、そう思って近づいたのが間違いだった。

何を思ったのか竜は前脚を伸ばして俺をつかんだ。象みたいに太いくせに、指も長くて器用に動くんだ。握力は大したことなかった。俺を握りつぶす程じゃなかった。それでも俺をがっちりつかみ、羽ばたきはじめた。

「止めろ！」

竜は聞いちゃいなかった。身をたわめて飛び上がった。そのまま空へ連れて行かれるところだっただろう。だが見当を失った竜は途中で木にぶつかって俺を落とした。尻から落ちたが怪我はしなかった。竜は高く高く舞い上がり、夜の雨の中に消えた。雷鳴が聞こえた。稲光のない不思議な雷だ。

俺の意識もそこで限界だった。

朝が来た。俺は屋敷で目を覚ました。竜は帰っていなかった。

まるで竜に追い払われたように雨がやんだそうだ。その後、屋敷を出た坊っちゃんは気絶している俺を見つけ、屋敷まで運んだ。そのときにはもう、伯爵のために医者を呼ぶ必要はなくなっていた。安らかな最期だったそうだ。

俺たちは伯爵のために泣いた。

◆
◆
◆

竜はいつまでも戻ってこようとはしなかった。何日も、何日も厩舎には戻らず、どこへ行ったのかもわからなかった。本当は坊っちゃんも気がかりだったんだろうが、伯爵のことを後回しにするわけにはいかなかった。

葬儀には大勢の人が詰めかけた。俺は村を駆けずり回って手伝いの人を集めた。葬儀はしめやかに行われるはずだった。

だのに、あいつが乗り込んできた。

「よう、子鹿ちゃん」

目を疑ったよ。編集長は下世話な記者の一団を引き連れて、弔問客たちに襲いかかっていた。俺は飛び出して行って、へらへら笑う編集長を端っこへ追い立てた。

「何しにきた」

「お悔やみを言いに」

「おためごかしはいい」

「これについて聞きたいと思いましてね」

ダイヤだった。それがどうした、と言えなかった。編集長のねっとりした声が、俺たちをやすやすと絡みとっていた。

「これは首府のある仕立て屋に商品代金の担保として預けられたものです。これの出処をご存知ですか、ええ?」

俺も坊っちゃんも血の気が引いた。俺たちは編集長を利用するつもりでいた。甘かった。甘すぎた。

「竜は女王陛下の財産ですよね。ところでダイヤの出処ですが、興味深い事実があるそうじゃないですか」

バカな鹿の面目躍如だ。俺の独自の判断がまたしても墓穴だ。編集長がひたひたと笑った。

「公にはしませんよ。そのほうが誰のためにもよろしいでしょう。ねえ、博士」

目玉が飛び出るかと思った。博士が一緒にいた。一体どういう関係なんだといぶかる暇もなかった。博士は目をそらしながら吐き捨てるように言った。

「こちらの紳士はことを公にしないと言ってくれている。もう我々は竜に関わるべきじゃない。捕獲して、自然に返すしかない」

「でもそれじゃあの子は……」

それに金はどうする。ダイヤは編集長に取り上げられたままだ。俺は編集長につかみかかった。

だがその時、竜が降りてきて全てを台無しにした。

きっとあいつは翼が生えてびっくりしたんだろう。しばらく飛んで落ち着いて、家の様子を見に戻ってきたんだろう。

俺たちは参列客がどうやって教会までくるのか計算に入れていなかった。貴族のお知り合いとあって、大勢さんが気取った車で詰めかけた。

それが竜の気を引いた。

弔問客が教会で説教を聞いているとき、あいつは戻ってきた。運転手たちが悲鳴を上げて、俺たちは葬式もそこそこに教会の外へ飛び出した。

竜は車を持ち上げて飛び上がるところだった。器用に運転手を振り落としてから、車ごと空へ。馬鹿みたいに上を見上げる俺たちの前で竜は飛びながら車を犯した。それだけでも悪夢だが、事態を悪化させたのはその車が輸入品で、エンジンをリア部分に搭載していたことだ。竜のモノがガンガン突き刺さる場所だ。

車は竜に抱えられたまま空中で爆発した。さすがのあいつも少々びっくりしたと見えて車を離した。火の玉になった車が落ちてくるところは、まるで竜が火球を吐いたみたいだった。これが伯爵の葬式じゃなければ隠すこともできただろう。だが式には弔問客が詰めかけていた。記者もカメラマンも入り込んでいた。俺はできる限りカメラマンからフィルムを奪おうとした。だが、どうしたって防げるもんじゃない。

「いい絵じゃないか、ええ？　記事を楽しみにしてくれ」

編集長は高笑いしながら帰っていった。


騒ぐ参列客を帰し、伯爵が土の下に納まると、坊っちゃんはもう俺とも、何とも目を合わせようとしなかった。

「これからどうする」

「結婚するよ。屋敷も引き払う」

その結婚相手は姿を消していた。逃げ帰ったんだろうとこの時は思ったが、真実はなお悪かった。博士は警察と軍隊に連絡をとり、この一帯を封鎖するべく駆け回っていたんだ。

「みょんみー」

あいつの鳴き声はすこし濁っていた。竜が急降下して、もう一台車を持ち上げた。あいつは何も遠慮していなかった。車をデタラメに引き裂きながら飛ぶ姿は見ていられなかった。目をそらすと、坊っちゃんが何かを差し出していた。

「もらってくれないか。兄の形見なんだ」

坊っちゃんがくれたのはタイピンだった。坊っちゃんは空を見上げて、どこかへ飛んでいく竜を見送っていた。受け取れっこなかった。だが受け取るしかなかった。他に何ができる？

新聞には連日竜の記事が出た。どれもスキャンダラスな扱いだった。空を飛び、車を襲う竜。飼育していた坊っちゃんの過去。射殺命令が出た。いい知らせといったら、竜がまだ生きていること、ダイヤの横領で坊っちゃんが逮捕されてないことだけだ。

「残念な結果だな、ええ？」

編集長にそう言われても何も感じなかった。俺は編集長と一緒にいた。俺は裸で、編集長はネクタイだけ。俺は殴られて犯されて、そのことに甘んじていた。

　これでも、以前は喜びに満ちた関係だったんだ。

「さて、それじゃ今後の話をするか、ええ？」

「今後なんかあるもんか」

「あるさ、子鹿ちゃん。お前にだって人生ぐらいあるんだからな」

ないほうがマシだった。俺はまた売春と盗みの生活に逆戻りだ。結局、余計に苦しんだだけだ。

「せめてダイヤをくれよ。俺の取り分だろ」

「図太いねえ。気に入ったよ。とはいえ、それが人にものを頼む言い方かい、子鹿ちゃん？」

　編集長は怪物だ。強請《ゆす》りも、俺に対する態度も、全ては支配欲を満たすためでしかなかったんだ。

　俺は編集長にはがされた服をみやった。坊っちゃんからもらったタイピンだけは自分ではずしておいた。俺はあんな素晴らしいものに値しない。

　すると編集長が気づいた。

「おお？　なんだありゃ、手癖が悪いな、子鹿ちゃん」

　何を言っているのかわからなかった。編集長は俺を殴り、もう一度殴った。

「覚えてないのか、淫乱子鹿ちゃん。俺から盗むのはルール違反でしょう」

「知らない、何の話だ！」

するとと編集長は俺を解放して金庫を開けた。中身はあいつの商売道具だ。しばらく確かめて、編集長は不思議そうに何かを出してきた。

「ほら、見てみな。お前が盗んで来たやつだ」

それはタイピンだった。俺が坊っちゃんからもらったものと瓜二つだ。

その瞬間理解した。坊っちゃんの兄の形見と、もう一つ。あれは博士のものだ。

俺は博士と寝ていたんだ。

坊っちゃんの兄と博士は友人だった。同じデザインのタイピンを持つ二人の男。片方は死んで形見を残した。片方は売春クラブに来て俺と寝て、タイピンを盗まれて脅された。

なんて縁だ。

道理であの反応だったわけだ。俺は寝た相手の顔なんかいちいち覚えていないんだ。だが博士はそんなこと知るよしもなかった。気が気じゃなかったはずだ。

気がついてさえいれば、なにか変わっただろうか。脅迫されている博士と、その片棒を担いだ鹿人ごときが、なにかひっくり返せただろうか。

呆然としているうちに、編集長がタイピンを放り捨てた。顔が真っ赤になった。クソ野郎の触れていいものじゃないんだ。拾い上げようとした俺の前に、編集長が立ちはだかった。

「説明しろよ、どういうことだよ、ええ？」

「地獄に落ちろ」

自分自身に言ったつもりだった。だが編集長は怒りに任せて角をつかみ、俺を引きずり回した。

「地獄なんてとんでもない、天国へ連れて行ってやるよ」

角はつかむのにうってつけだ。編集長は俺の角が好きだと言っていた。だが本当は、後ろから手綱よろしくひっぱるのが好きなんだ。痛いさ。その痛みが嬉しいことだってあったんだ。だがその時の編集長は俺を罰するために角を使っていた。首が折れるかと思った。それでも俺はもがいて、タイピンを取り戻そうとした。

すると角が折れた。

今までが嘘みたいに、二本とも根元からポッキリいった。痛みはなかった。鹿の角はとれるものなんだ。俺には関係ないと思っていたがね。

さすがの編集長もこれには驚いて俺を解放した。

「びっくりさせるなよ、子鹿ちゃん」

ヘラヘラ笑う編集長を見ても何も感じなかった。手が動いた。角を取り上げ、握りしめると、編集長は顔をこわばらせた。

「やめろ、そんな目で俺を見るんじゃない、この鹿風情が」

そこで俺は「俺のために客と寝ろ」と言われた日にやっておくべきだったことをやった。その後は何をすればいいか考えた。ネクタイを締め、あたりを見回すと金庫が目に入った。番号は知ってた。俺は鹿だ。視野はまあまあ広いんだ。

金庫からは面白いものがたくさん出てきた。

やることが決まれば、あとはもう悩まなかった。

博士のフラットに乗り込んだ。従僕の制止を突破し躍り込むと、博士と坊っちゃんとがそろってお出ましだった。坊っちゃんは目を丸くしていた。

「君……角は？」

「取れた」

「取れたって……大丈夫なのか」

「それより話がある」

「何しに来た、無礼じゃないか！」

怒鳴った博士が眉をひそめた。「なんだその荷物は」

俺は袋を担いでいた。編集長の金庫から盗んだものだ。一仕事終えたばかりの泥棒にしか見えなかっただろうと気づいて笑っちまった。

俺は二つのタイピンを返した。博士には博士の、そして坊っちゃんには兄の。博士はすぐに気づいてわめき出した。だが俺は構わず坊っちゃんに言った。

「辛い現実に向き合う気はあるか？」

坊っちゃんは眉をあげただけだった。辛い現実ならまんざら知らないわけじゃなさそうだった。だから遠慮は止めにした。

「坊っちゃん、こいつは異人種姦志向の同性愛者だ。売春クラブに出入りしてた。そこで俺はこいつと寝てた」

博士は血相を変えた。秘密をばらされたことと、坊っちゃんに知られたことのどちらがより痛いのかは考えてもしょうがない。博士は開き直った。俺だってそうしただろう。

「そうさ、男が好きだ、君を金で買った。変わり種も悪くないと思ったんだ。それの何が悪い！」

「汚らわしい」

坊っちゃんが吐き捨てるように言った。このときの坊っちゃんの目より冷たい泉もきっとどこかには湧き出していて、博士みたいな奴らが大勢沈んでるんだろう。

だが俺は博士を沈めに来たわけじゃなかった。むしろ引き上げに来たんだ。

「坊っちゃん、俺だって同罪だ。だがそれより聞いてくれ」

俺は袋の中身をぶちまけた。ダイヤだ。

「博士は恐喝に屈した。坊っちゃんのところからサンプルとして取り上げたダイヤを横流ししたんだ、そうだろう」

博士の体が崩れ落ちた。

何のことはない、俺と坊っちゃんが悪巧みをしていたころ、博士だって同じことを考えたわけさ。折悪しく博士は編集長の餌食になっていた。そこに竜のダイヤがあった。全てはつながっていたんだ。

「お前だけのせいじゃない。俺と編集長のせいでもある。だからこうして償う」

俺は盗んできた証拠の品と顧客ファイルを出した。編集長は丁寧な仕事をしていた。あんな貴顕《きけん》やこんなお偉方の不都合な情報が目白押しだ。そのうち何人が俺と寝たのかは神のみぞ知る。博士も坊っちゃんもこれには絶句だ。上流階級を跡形もなく吹き飛ばせるスキャンダルだからな。

「責任もって返してやってくれ。被害者仲間のお前なら信用してもらえるだろう。出世の道具に使おうなんて考えるなよ。使うなら全部坊っちゃんのために使え！」

「――何が望みだ」

「婚約の破棄」

坊っちゃんが切り捨てるように言った。確かに大事な話だ。だがもう一つ、いまならかなえられる大事な望みがあった。俺は博士に迫った。

「竜を王室の金で飼え」

「無理だ！」

「やるんだ！」

「いやだ！」

予想外の返事だった。博士が竜飼育に反対するのは金の問題だとばかり思っていた。だがいま、博士を抵抗させているのはそんなちゃちな理由じゃなさそうだった。

「竜は危険だ。手に負えなくなる前に自然に返すのが一番だ！」

「――兄を殺したからですか」

博士が言葉をなくした。その目から涙が流れた。

「私は君の兄さんを愛していた。彼も応えてくれたんだ」

「兄を殺したのは私です」

「そんなこと言うな。彼は本当に君のことを大事にしていたんだ――それに、本当は竜のことだって」

坊っちゃんが歩み寄り、博士を抱きしめた。博士も抱きしめ返した。涙をぬぐい、背筋を伸ばした博士はすっかり別人のようだった。

「軍が射殺を計画している。怒らせるだけだと止めたが無駄だった。なにか手があるのか」

「あの子は谷に帰します。私の責任で」

　博士はうなずいた。坊っちゃんもうなずいた。いざ出発だ。

　足は博士の車を借りた。

　道は軍が封鎖していた。足止め食らって、兵隊さんと押し問答、そんな手間を掛けたと思うかい？

　なわけない。兵隊さんたちと柵が目に入るやいなや、坊っちゃんが踏んだのはアクセルだった。

「本気かよ」

「事故を起こしたことは一度しかない」

「これが二度目だな」

「大丈夫さ」

　俺たちが突っ込んでいくと兵士たちは散り散りになった。博士の車は封鎖柵にぶつかり、見事突き抜けた。さすがの兵士たちも発砲はしなかった。そうでなくても兵隊さんたちは空を見上げては腰が引けていた。竜が相手だからな。

　道なりに走った。竜は屋敷の上空を旋回していた。ポーチで空を見上げていた猫が、俺たちを見つけて「なあ」と鳴いた。「遅かったな」とでも言いたかったんだろうな。

「みょんみー」

車を停めるか停めないかのうちに、竜は空から降りてきた。飛び出した坊っちゃんを竜が抱きとめ、それを俺と猫が並んで見ていた。

あれは一枚の絵だったね。

◆
◆
◆

植民地へは海軍の船、そこから最寄りの駐屯地へは鉄道。全て博士が手配した。竜は船上ではおとなしく丸まり、陸に上がるとあとは自分で飛んでついてきた。鉄道は貨物車輌を一輌余計に付けてもらった。物見高いやつらがたくさんきたよ。

駐屯地へついてからは一悶着あった。駐屯地には馬もいたし、車輌も導入されていた。だが竜は車を餌食にしちまった。性欲亢進《こうしん》状態だったんだ。兵士たちがそこらじゅうから飛び出してきた。発砲したやつもいたし、竜に命中もした。竜は鱗にめり込んだ弾の匂いを嗅いで、それで終わりだった。一泊させてもらって、車も一台もらえた。こちらとしては文句を言う筋合いじゃなかった。

翌朝、俺たちは一台と一頭とで出発した。

「谷へ行こうぜ」

坊っちゃんは渋った。「わざわざ危険を冒す必要がどこにある？」

「そのへんに捨てていいのか？　谷のそばに置いていってやるべきじゃないか」

そもそも置いていきたくはない。坊っちゃんのそんな様子はありありと見て取れた。だから俺はこう言った。

「ならここで暮らすか。ダイヤをごっそりいただいてさ」

「え？」

どうせ俺は国に帰れっこない。博士がどうしようもない無能でもないかぎり、編集長はいまごろ社会的に死んでるだろうけれども、俺がぶん殴ってきた事実は消えない。坊っちゃんは俺よりマシだが、家もなくして婚約も破れた。

「俺たちふたりは居場所がない。どうせなら、ここで一旗あげようや」

坊っちゃんが笑った。穴がいくつも空いた風船みたいな笑みだったが、笑顔には違いなかった。

「そう簡単にいくかな」

「俺たちにはダイヤがあるじゃないか。土地を買って、屋敷を買って、おおっぴらに竜を飼おうぜ」

「そりゃいいな。君を雇うよ」

「おいおい、対等のパートナーだろ」

クスクス笑いはすぐ馬鹿笑いになった。今後の計画について語りまくった。ダイヤモンドで一山当てた俺たちが植民地一の富豪になり、最終的には竜に乗って本国に凱旋するストーリーだ。肘でお互いを突きあう俺たちを眺めて、竜は首を傾げてた。

冬を過ごす別荘のトイレの数まで決めたところで、どちらともなく黙り込んだ。

「無理だよ」

「だよな」

「この子を帰してやらないといけない。それがきっと、この子のためになるんだよ」

坊っちゃんがそう言うなら、俺がどうこういう筋合いはなかった。俺も竜みたいに猫並みの頭で生きていければよかったし、坊っちゃんだって猫ならよかった。猫になった坊っちゃんと俺が厩舎に集まって、お日様を浴びながら竜に寄りかかって寝る。そんなふうに出逢えばよかったんだ。

坊っちゃんが車から降りて、竜を抱きしめた。

「お別れだ」

見ちゃいられなかった。俺は顔を背けて、それでもまだ見えてるもんだから目をつむった。視界が広いとこんなときに難儀するもんだ。

そうして目を開けたときには、竜は坊っちゃんを前足でつかんでいた。

「は?」

「ああ？」

「みょんみ！」

坊っちゃんは俺を見た。俺も坊っちゃんを見た。それでできることが尽きた。竜は坊っちゃんをつかんで舞い上がり、どこか目指してぐいぐい飛んでいった。

俺が無駄にしていた時間は二呼吸ってところだ。アクセルを踏んで、飛んでいく竜を追いかけた。

谷。ダイヤモンドの谷。

写真で見たとおりだった。地面に開いた亀裂のそこらじゅうに光を撥ね返す結晶が埋まっていた。谷のそばにもダイヤがごろごろ。車を谷に近づけるにつれてダイヤがどんどん増えていった。竜どもの縄張りのうちってことなんだろうが、それにしては一頭も見かけなかった。

坊っちゃんと竜は先に着陸していた。竜に同意もなくさらわれたばかりにしては、坊っちゃんは落ち着き払っていた。

「大丈夫か？」

「その、うん」坊っちゃんは複雑そうな表情で竜と俺とを見た。「意外と快適だった。もう一回でもいいぐらいだ」

「最後にしろよ」

「わかっているさ」

坊っちゃんは苦笑いしながら両腕を広げた。

「ようこそ、ダイヤモンドの谷へ」

「竜の谷、でもあるんだろ」

坊っちゃんは答えなかった。気遣わしげに竜の様子を見ていた。

「なあ、仮にさ、野生のやつらに見つかったらどうなる」

「車のほうが速いはずだよ」

坊っちゃんは気のない様子で言った。「ダイヤでも拾ったらどうだい」

その頃には俺も悟っていた。竜とおさらばする時はアクセルをたっぷり踏まなきゃならないんだろうってな。一度も見たこともない故郷で、やつは坊っちゃんに負けず劣らず途方にくれているようだった。どうすりゃいいのかわからなかったのは俺も同じだ。とりあえず、そのへんに転がっているダイヤを拾った。あの時の俺ぐらい手持ち無沙汰にダイヤを拾ったやつはいないだろうな。

そうしてダイヤを入れる袋を忘れたな、なんてのんきなことを考えていると、それがやってきた。

初めに気づいたのは俺たちの竜だ。頭をもたげて、かがみ込んでいた俺の尻を押すもんだから転んで、ダイヤをぶちまけちまった。

「何すんだ」

「みょんみ」

「おすわり」

竜は聞かなかった。なにか言いたげに俺の尻の匂いをかいでいた。

「来たか」

坊っちゃんが顔をこわばらせた。その頃には、欲に目がくらんだ俺も、現実に目を向けたほうがいいとわかっていた。

一体どこから出てきたのやら、谷には野生種の竜がうじゃうじゃ湧いてきていた。谷の裂け目に潜んで昼寝でもしてたのか、それが食事に出てきたのか。とにかく竜どもがそこにいた。獰猛なうなり声をあげて牙をむき出し、鱗はダイヤにも負けていないほど輝いていた。翼があるやつもないやつもいた。どちらにしても崖を移動するのに不自由はしてないようだった。翼が生えかけた竜が一頭、切り立った壁にしがみついて、見慣れたアレをやっていた。崖にダイヤがこれでもかと埋まってるわけだ。

「ずらかるか」

幸い、こちらはまだ向こうの視界に入っちゃいなさそうだった。だが坊っちゃんは聞いていなかった。野生種どもと俺たちの竜とを交互に見ていた。竜は少し神経質そうに「みょんみ」とつぶやいた。

まるでそれが聞こえたみたいに、野生種どもの一頭が頭をあげた。野生種どもが突然活気づいた。

「やっべえ」

俺はエンジンを掛けにかかった。その間にも、坊っちゃんはまるで魅入られたみたいに野生種どもから目を離せずにいた。

「坊っちゃん、早く乗れって！」

「君こそ早く乗れ」

坊っちゃんが野生種どもに目を向けたまま言った。野生種どもは谷から地獄の軍勢みたいに飛び出してきていた。こういうときに限ってエンジンがへそを曲げる。俺が馬鹿みたいにエンジンに取り組んでいた間じゅう、野生種どもはずっと金切り声を上げていた。

竜がもの言いたげにこっちを見てた。なんと言ってやったらいいもんかわからなかった。挙げ句の果てに出てきたのがこれだ。

「お前も早く逃げろよ」

すると竜は座った。馬鹿なやつだ。坊っちゃんが血相を変えて竜を叩いても、あいつと来たらびっくりしたように体を引くだけだった。やっとその理由に思い当たった。俺が「おすわり」なんて言ったせいだ。

竜を捨てるのなんて簡単じゃないか？

そうこうする間にも野生種どもはすぐそこまで迫ってた。俺たちのことが今日のおやつにうってつけだと気づいたんだろうな。発車までにかかる時間は深呼吸が二つぶんってところ。人生を二人分ばかりしくじるには十分な時間だ。

万事休す。

すると俺たちの竜は思ってもみなかった行動にでた。

「なあああああああ！」

初めて聞く叫び声は育ての親の猫そっくりだった。竜は走り出した。猫に育てられて、車が大好きで、坊っちゃんが自分の命より大事にしていた竜は、殺気に満ちた野生種の群れに自分から突っ込んでいった。

このときになってやっと、俺は根拠のない希望をいだいてたことに気づいた。本当は野生種どもは意外と気のいい連中で、遠く文明国で育った同胞をあっさり受け入れて、お前の相手はこいつだよと運の悪い仲間を紹介してくれて、めでたく卵を産ませる側に回れて、万事うまいこと片付くんじゃないかって思ってたんだ。

正しいのは坊っちゃんの方だった。野生種どもはあいつを仲間だとは思ってくれなかった。

野生種どもが俺たちの竜を取り囲み、寄ってたかって覆いかぶさった。もみくちゃにされていた。飢えた獣の群れに肉を投げ込んだも同然だった。生きていられるわけがない――血の気が引いたよ。いくら車にぶつかられてもピンピンしている竜だって、あれだけの頭数に襲われて無事ですむわけがない。殺されるだろう。そうでなくても、戦いに負ければ命がけで卵を産む羽目になる。どっちにしても死ぬんだ。

だがあいつは思ったよりタフだった。あいつは飛んだ。おしくらまんじゅうよろしく折り重なった野生種どもをはねのけて飛び出し、空へ舞い上がった。堂々たるもんだった。だが野生種どもも負けてはいなかった。次々に飛び上がってあいつを追いかけた。空中でもみ合い、落ちて、また舞い上がる。竜の悲鳴と雄叫《おたけ》びとで耳が聞こえなくなりそうだった。

俺も坊っちゃんも、馬鹿みたいにあいつを見てた。あいつが空を飛んで、逃げ切れずに追いつかれて、谷に落ちて姿を消して、ようやく時間が動き出した。エンジンが掛かった。乗り込んだら坊っちゃんがいなかった。坊っちゃんは谷めがけて一目散に走っていくところだった。

とっ捕まえて羽交い締めにして、車に引きずっていく間じゅう、坊っちゃんはずっと抵抗した。

「何考えてんだ！」

「置いていけない！」

どんなヘボ辞書にだって『悲痛』って言葉は載ってるだろう。だがあの時の坊っちゃんを見てないんじゃ、悲痛って言葉をわかったことにはならないさ。

「落ちたのを見ただろうが！　それに、どのみち国には連れて帰れないんだぞ！」

「はなしてくれ！」

「わかんねえのか！　あいつがおとりになってくれたんだろうが！」

するとと坊っちゃんは笑った。ダイヤを屋敷から盗んだあの夜と同じ笑顔だった。月の光を浴びて笑っていたあのときから何も変わっちゃいなかった。

「そうさ、君は逃げればいい。私を置いていってくれ」

そこで俺は連れがこんなこと言い出した奴なら誰でもそうするように、坊っちゃんに当て身を食らわせて車に押し込んだ。

つつがなく駐屯地へ戻った。野生種どもがついてこないかだけが気がかりだったが杞憂に終わった。俺たちの竜はきっちりおとりをつとめたんだ。

結局、竜も俺たちも自分の仕事をうまくやり遂げたといえる。ちゃんと竜を返してこれたんだからな。谷いっぱいのダイヤは逃したが、なに、命あっての物種だ。

めでたし、めでたし――。

なんてな。

ここで終わりと思うかい？

だとしたら今までの話は時間の無駄だ。だってそうだろ？　俺も坊っちゃんもまだ写真に写っちゃいないんだぜ。思い出してくれよな、そもそもの始まりを。俺と坊っちゃんと竜と車。みんな晴れやかに笑ってる。どうしてこんな写真が撮れたのでしょう？　それにはこんな経緯があったのです。これはそういう物語だったはずじゃないか。

さあ、クライマックスだ。

◆
◆
◆

翌朝。俺は宿舎から抜け出した。歩哨にあいさつして、朝日に舌打ちして、それから車を見に行った。

坊っちゃんは車で寝ていた。どうしても聞かなかったんだ。毛布をしこたまかぶせてやったから風邪をひく気遣いはなかったが、頬には涙の跡があった。

いたたまれなくなって視線をさまよわせるうちに、ホーンが目に入った。

早朝にホーンを鳴らすのはよくない。でかい音が出る。それだけにどうしてもやりたくなった。プラクティカルジョークというやつだ。沈みきった坊っちゃんを現実世界に引き戻すには荒療治が必要だったんだ。

　だからやった。

　知ってるかい？　朝の駐屯地でホーンを鳴らすと殺気立った兵士がそこらじゅうから飛び出してくるんだ。兵士たちは色めき立って俺を取り囲んだ。だがどの兵士も、坊っちゃんほどには怒り狂ってはいなかった。飛び起きた坊っちゃんは瞬時に戦闘態勢に入っていた。これまで見たこともないほど興奮していた。同情の余地はある。そうでなくても神経が参っているのに、寝ている隣でホーンを鳴らされたんだからな。俺が言うのもなんだが気の毒な話だ。

「落ち着け、ちょっとしたいたずらだよ」

「何がいたずらだ！」

　そこで坊っちゃんは泣き出した。怒りややるせなさが目からあふれりゃ涙になるもんだが、どうもそういうことじゃなさそうだった。

「あの子が……帰ってきたかと思ったんだ」

「あいつが？」坊っちゃんは相当参ってるんだと、この時は思ったよ。「あいつの鳴き声はあれだろ、『みょんみー』だろ」

　違う。坊っちゃんはかぶりをふった。

「それは人間を相手にする時だけなんだ。あの子は人間を猫の飼ってるペットだと思っているんだ。あの鳴き声はあやしてるつもりらしいんだ」

初耳だった。あんな馬鹿な鳴き声にそんな理由があったとは。竜にかかれば、万物の霊長も形《かた》なしだ。

「ひとりでいる時は、あの子は——待ってくれ……」

坊っちゃんは身振りひとつで兵士たちを黙らせた。耳を澄まし、俺の腕にすがって、俺にも聞くようにうながした。確かにそれが聞こえた。空を見上げると、遠くに小さな影が見えた。影はどんどん大きくなって、それとともに鳴き声もはっきりわかるようになった。

「みょんみ——」

目を疑ったと思うかい？　実を言えばあまりびっくりしなかった。遅かったじゃないかとさえ思ったもんだ。あいつは車がなきゃ生きていけない。そして谷には車があり余ってるわけじゃなさそうだからな。


竜は舞い降りた。それこそ鱗と翼の生えた猫みたいに、音ひとつ立てなかった。

俺たちは竜に駆け寄った。

ひどい有様だった。全身が裂け、特に尻のあたりなんかぐちゃぐちゃだった。傷口からたっぷり流れて、乾いてしまったのは血じゃなくて透明な体液だったらしいが、怪我したのは間違いなかった。どの傷口にもダイヤがめり込んで光っていた。どう見てもひどい有様だった。坊っちゃんがしゃくりあげた。

だのに、当のあいつときたら元気そうだった。

「みょんみ、みょみ！」

少し興奮していて、なんだかつやつやしていた。命からがら生き延びたはずなのに、どうしてもこう思わずにはいられなかった――あのやろう、ずいぶん楽しい一夜を過ごしたんじゃないか？

俺は思わず竜のペニスに目をやった。車に取り組んでいるところを散々拝む機会があったが、今はなぜか消え失せていた。坊っちゃんもすぐ気がついた。

「メスになったんだろうな」

「傷だらけだしな」

俺たちは顔を見合わせた。俺たちはいわば、野生種どもによる暴行の瞬間を見ていた。死んでてしかるべきだ。なのにこいつはぴんぴんしてる。

「どういうことだ……」

坊っちゃんがつぶやいた。まさにその時、これが答えだとでも言うように、野生種どもが追いかけてきた。

野生種どもが空を横切った。駐屯地の上空を旋回し、まるで大岩みたいに落ちてきた。

兵士さんたちは色めき立って銃を構えたが、野生種どもは我が物顔に頭をもたげて、じりじりと距離を詰めてきた。俺たちは竜の周りに自然と集まった。ただ、俺たちの竜だけは平然としていた。

野生種どもがうなり、吼えだした。俺たちは死を覚悟した。

するとあいつが吼えた。

雷かと思った。次に火山が爆発したんだと思った。坊っちゃんがなにか言った。俺も、坊っちゃんも耳を押さえていた。それでも坊っちゃんが何を言いたいのかはわかった。

これが竜の声だ。本当の竜の声、人間をあやすための声じゃない、竜としての声なんだ。

効果はてきめんだった。野生種たちは一発で静かになって伏せた。ひれ伏したんだ。

俺たちの竜は翼を大きく広げ、野生種の真ん中に出ていった。通り道にいた野生種の一頭はあいつが気まぐれに振ったしっぽに打たれたが、文句一つうならなかった。

そうして、俺たちの竜はもう一度咆哮した。

すると、野生種たちはあいつににじり寄った。もう人間のことは見えていないようだった。

そうして俺たちの竜がふんぞり返るなか、野生種たちは順番にやってきてまたがった。マウンティングだ。

「じゃあやっぱり、あの子はメスに選ばれたんだ」

「あれで一番下なのか」

「だってマウントされてるから」

だがどう見ても俺たちの竜のほうが偉そうだった。俺は鹿人だから、家庭といったらオス鹿人をメスたちが取り囲むハーレムを想像してしまう。人間からみればハーレムなんか理解に苦しむやり方だろうが、鹿人には当たり前だ。それと同じで、俺たちはつい自分たちの尺度で竜のことを判断しようとしていなかったか？

竜はメスのほうが強いのか？

俺と坊っちゃんは顔を見合わせた。思い込みの雲さえ晴れれば、二と二を足して答えを出せない坊っちゃんじゃない。

「竜は逆なんだ……」

坊っちゃんはみるみる元気になって、俺の肩をつかんでぐいぐい揺さぶった。

「弱いほうがまたがるんだ。強いほうがまたがらせてやるんだ。そうだ、あの子が車にまたがっていたのも同じ理由なんだ」

「車……？」

「そうだよ」

坊っちゃんは泣き笑いしていた。今なら気持ちはわかる。真実は目に染みるもんだ。

「車に轢かれたせいだったんだ！　あの子は衝撃を受けたんだ！　自分と同じぐらい速く

て硬いものに生まれて初めてぶつかられたんだ！　車に負けて、ひとめぼれして、だからオスとしての役割を果たそうとした。車にまたがって、車の気を引こうとした。あの子は車にすっかり参ってしまったんだよ！」

野生種たちはお行儀よくマウントの順番を待っていた。だが中にやんちゃなやつがいた。取り囲む人間の匂いに気を取られ野生種どもがうなりだし、殺気はあっという間に伝染していった。兵士たちも銃を構えた。引き金を引くまでほんの数呼吸、そこで俺たちの竜がまた吼えた。車のバックファイアを千倍ばかり強くして、永遠に終わらないほど長くしたような音だ。野生種どもの声が地獄の悪鬼なら、俺たちの竜はそれを片っ端から撃ち落とす大砲みたいなもんだった。野生種どもは頭を下げて、人間たちをちらちら見ながら、それでも逆らおうとはしない。

「ほら、あの子が一番だ」

「じゃあ一番弱いものがメスになるんじゃなくて……強いものがメスになるってことか？」

「そのほうが理にかなっているのかもしれない」

坊っちゃんは興奮を抑えきれていなかった。

「卵を産むのはとても負担が大きい。それも集団で種付けするんだ。だから任せる相手は慎重に選びたいんじゃないか？　もちろんいつもうまくいくとは限らない。あの子の母親には荷が重すぎた。けど他のオスだってきっと野垂れ死にさせたんじゃない。守る努力はしていたはずなんだ。だって女王だったんだから。今のあの子のように」

そうさ、坊っちゃんの洞察は正しかった。群れの中の地位を決めるのは確かに相撲の強さに違いない。問題はその後だったわけだ。

野生種たちがあいつを取り巻いた。こうして見ると、俺たちの竜は明らかに一回りデカかった。

坊っちゃんは竜のもとへ歩いていった。野生種たちが威嚇したが、それも俺たちの竜が一吼えするまでだ。野生種はあっさりしっぽを股の間に入れて、坊っちゃんのために道を開けた。竜と坊っちゃんが頭を触れ合わせた。しばらくふたりになってから、竜が俺に目をやった。呼ばれちゃ仕方ない、そうだろ？

それに、俺にはいいアイディアがあった。記念写真さ。カメラだって持ってきてたさ。決まってるじゃないか。

竜が野生種たちを下がらせた。俺たちは車に乗り、竜も乗っかって、みんなでポーズを決めた。この写真はそうやって撮ったんだ。

いい写真だろ？

撮影のあと、あいつは車にまたがってぎしぎしやった。一度身につけた習慣はなかなか消えないもんだ。用をすませると、俺たちの竜は堂々と車から降りた。そして、野生種どもに向かって吼えた。おずおずとまたがってきた野生種の一頭を身振るいで振り落とし、車にまたがって、降りて、野生種たちをにらみつける。

坊っちゃんも俺も、そして兵士たちもこれには笑いを抑えられなかった。俺たちの竜は異国の友達にごあいさつしろと促してたんだ。

野生種どもは気が進まない様子だった。きっと野生種には車と竜との区別がついてたんだろうな。

だがそれもあいつが号令をかけるまでのことだった。

野生種どもは代わる代わる車にまたがって、押したり引いたりやった。俺たちも兵士たちも、みんな馬鹿みたいに笑ってた。見ろよ、竜が車相手にさかってるぞってね。そうなりゃきわどいジョークが止まらないのはもう仕方ない。坊っちゃんは「悪趣味だな」と肩をすくめてたけど、坊っちゃんだって本当はこっそり笑ってたんだ。

そうこうしているうちに野生種最後の一頭が仕事を終えた。

「みょんみー」

竜が鳴いた。野生種たちが次々飛び立った。車にはダイヤがしこたま埋まってた。竜なりの土産だとありがたく受け取ることにした。坊っちゃんは竜に抱きついたまま、いつまでも名残を惜しんでいた。

それから竜は谷に帰っていった。

永の別れじゃない。ちょっとした里帰りさ。


俺たちはしばらく植民地で過ごした。谷には定期的に通い、竜も毎回訪ねてきて、俺たちの前で卵を産み落とした。その後の研究でわかったことだが、竜がメスとして交尾するのは生涯一度、ダイヤに刻まれた配偶子の情報を生涯使い回すんだそうだ。

そのあと俺たちは国に帰った。竜も、子どもたちも一緒だ。入国の時は多少もめたが、博士が飛び出してきて俺たちを救ってくれた。博士はすっかり別人のようになっていた。編集長が握っていた材料をうまく処理してのけたらしい。なかなか悪くない手際だった。

編集長本人はみごと行方不明になっていた。これについては俺は知らない。誰も何も知らないんだろうな。

その後は――。


さて、お客様、お話はお楽しみいただけましたでしょうか？

びっくりしなさんな。さっきは嘘をついたんだ。俺は実は客じゃない――はい、左様でございます。私はこちらのお屋敷にお仕えする身でございます。といってもすでにお暇をいただいた身ではございますが。今回は応援として参った次第です。

お客様、おもてなしに至らぬ点などございませんでしたか？　無作法な鹿人が飛び出してきて昔話でお引き止めすることなどございませんでしたか？

ええ、左様ですよ。鹿人は執事になったのです。泥棒であった過去を清算し、かつては坊っちゃんとお呼びしていたご主人様の雇用下に入りました。坊っちゃんは後に女性として一代限りの爵位を授与された最初の一人となり、「竜の母」として歴史に名を残されることは疑いようもございません。こちらのお屋敷も買い戻されたのですよ。お子様方もお孫様方も、大変ご立派な方々ばかりです。

おや、左様でしたか。お客様もお人が悪い。このおいぼれのことを知っていて長話に付き合ってくださったとは。左様でございます。お孫様方がご幼少のみぎりには何度でもせがまれたものでございます。

おっと、失念しておりました。おっしゃるとおり、これはおとぎ話でございます。ですから、こうして終わるのですよ。

めでたし、めでたし。

著者略歴　1983年長崎県生，作家　『トランスヒューマンガンマ線バースト童話集』で第6回ハヤカワＳＦコンテスト優秀賞受賞

HM=Hayakawa Mystery
SF=Science Fiction
JA=Japanese Author
NV=Novel
NF=Nonfiction
FT=Fantasy

流《なが》れよわが涙《なみだ》、と孔明《こうめい》は言《い》った

〈JA1372〉

二〇一九年四月二十日　印刷
二〇一九年四月二十五日　発行

（定価はカバーに表示してあります）

著者　三《さん》方《ぼう》行《ゆき》成《なり》
発行者　早川　浩
印刷者　入澤誠一郎
発行所　株式会社　早川書房
郵便番号　一〇一 - 〇〇四六
東京都千代田区神田多町二ノ二
電話　〇三 - 三二五二 - 三一一一（大代表）
振替　〇〇一六〇 - 三 - 四七七九九
http://www.hayakawa-online.co.jp

乱丁・落丁本は小社制作部宛お送り下さい。
送料小社負担にてお取りかえいたします。

印刷・星野精版印刷株式会社　製本・株式会社フォーネット社

ISBN978-4-15-031372-2 C0193

本書は活字が大きく読みやすい〈トールサイズ〉です。